EN GREVE TILL JUL
KURTISENS KOMPLIKATIONER

EBONY OATEN

ebook isbn 978-1-923735-29-3

print isbn 978-1-923735-30-9

PO Box 2160, Rangeview

Victoria 3132

Australia

EN GREVE TILL JUL

För Lady Anne Penge är ett plötsligt arv en dröm som går i uppfyllelse och öppnar dörrarna till Londons glamorösa sällskapsliv och löftet om ett lysande parti. Hennes nya liv är dock byggt på ett omstritt anspråk, och en mystisk fiende känd endast som "T" är fast besluten att få hennes familj på fall. De hotfulla breven är en oroande distraktion från uppvaktningen av stiliga grevar, en mörk hemlighet som lurar under Säsongens glittrande yta.

Han tar sig in i hushållet Penge under täcknamnet Fetch, en enkel lakej, men hans riktiga namn är Tarrington, och hans motiv är allt annat än enkla. Som arvslös son till en greve har han en räkning att göra upp med aristokratin, och hans plan är att skinna den nyrika familjen Penge. Att bli anställd som deras tjänare är den perfekta täckmanteln, ett enkelt sätt att infiltrera deras liv och ta tillbaka en del av den förmögenhet han anser sig ha rätt till.

Det han däremot inte räknar med är Lady Anne. Han

väntar sig en bortskämd, lättsinnig flicka, men finner i stället en kvinna med stillsam intelligens, värme och en älskvärd charm som nöter ner hans förhärdade beslutsamhet. När hans hänsynslösa före detta medbrottsling återvänder och eskalerar deras cyniska plan till ett verkligt dödligt spel, förändras Fetchs uppdrag. Nu måste han skydda just den kvinna han planerat att ruinera. Att rädda henne innebär att avslöja sitt eget svek och förlora henne för alltid, men att förbli tyst är att se henne falla i en fälla han själv varit med och gillrat. Fångad i ett nät han själv spunnit måste han avgöra var hans lojalitet ligger innan det förflutna ödelägger dem båda.

KAPITEL I

Huset var i full uppståndelse inom tre minuter efter att pappa glatt hade tagit farväl av tjänstemannen från Prerogativa domstolen i Canterbury. Deras trogne hustjänare, butler, betjänt och alltiallo, Michaels, hade knappt stängt ytterdörren förrän mamma ropade ut: "Äntligen har det hänt, mina älskade barn! Min dyraste mister Sloane, esquire, är nu den sjätte greven av Penge! Domstolen i Canterbury har dömt till vår fördel, jag menar, hans fördel!"

George och Anne Sloane lade ner sin läsning på sin upphetsade mammas uppmaning.

George höjde på ögonbrynen åt Anne, och hon svarade med en axelryckning. Annes fattningsförmåga var trögare än sirap på vintern, så stor var chocken.

Ända sedan den femte greven av Penge hade gått bort

utan att efterlämna någon direkt arvinge, hade Anne inte tillåtit sig att hoppas för mycket på att grevekronan någonsin skulle tillfalla deras far i deras lilla vrå av Nettlebury.

Till deras gemensamma chock och förtjusning förklarades pappa, en syssling, vara grevens närmaste levande manliga släkting och därmed arvinge.

"Jag ska bli grevinna!" sa mamma.

"Javisst, min grevinna, mrs Sloane", sa pappa när han lämnade sitt lugna arbetsrum för morgonrummets känslostorm. Han hade flera brev i handen, som tjänstemannen måste ha gett honom. Han gav ett av papperen till Anne. "Varsågod, lady Anne, det här är till dig."

En våg av upprymdhet for genom hennes kropp över att bli tilltalad på det sättet av sin far. Anne tog emot brevet och såg att det mycket riktigt var adresserat direkt till lady Anne.

"Herregud, det var raskt marscherat. Är detta ett spratt från min käre bror, lord George?" sa Anne och kastade en snabb blick på honom.

Hans tomma min visade inga tecken på svek. Det var uppenbarligen inte han.

Leende bröt hon det okända sigillet. Det lossnade i tre tydliga delar och hon lade tillbaka dem på plats på ett sidobord, bredvid sin bok. Hon tyckte om att samla på sigill och hålla avtrycket intakt, eftersom hon så sällan fick brev adresserade direkt till sig.

"Läs det högt, lady Anne", sa mamma med ögon runda av förväntan.

Anne började: "'Min dyraste lady Anne, gratulerar till er nyliga lycka.'"

Mamma avbröt: "Så underbart!"

"Åh, kära nån", sa Anne när hon läste vidare i brevet. Tonen avvek kraftigt från den inledande hälsningen.

"Vad är det?" krävde mamma.

"Det står: 'Jag kommer att anhålla om er hand vid första bästa tillfälle, så att jag kan återförena släktsätet Penge med dess rättmätiga plats i släktlinjen.' Han har strukit under ordet 'släkt' för att betona det. Och sedan skriver han 'Er ödmjuke tjänare', men det finns ingen signatur, bara bokstaven T."

"Låt mig se", sa mamma och viftade med handen mot Anne, som pliktskyldigt räckte över papperet för närmare granskning.

Mamma höll upp papperet mot ljuset, som om det skulle avslöja dess hemligheter.

Anne rörde vid de tre sigillbitarna och lade ihop dem som om de vore hela. Vaxet hade ett avtryck av en böjd fjäder över bokstaven T.

Anne frågade: "Pappa, vilka var de andra familjerna som var inblandade i fallet? Och vilken av dem hade bokstaven T?"

Den nästan utnämnde sjätte greven av Penge grubblade. "Det fanns en Thomas Thomas, och det fanns en Wilfred Thackeray. Åh, och så var det en tidigare familj som drog sig ur, Trenthams."

George flikade in: "Fanns det inte en Tormund också?"

"Jo, just det, han också, William Tormund."

Anne suckade. "Med andra ord, allihop?"

Pappa bekräftade: "Ja, så verkar det."

George muntrade upp Anne med ett retsamt: "Lilla-syster har en hemlig beundrare!"

"En hemlig avskyare vore mer träffande", sa Anne. Tonen i brevet antydde att Anne inte hade något att säga till om i saken, och att den som hade skrivit det fortfarande ansåg sig vara den rättmätige greven.

Mamma var redan i färd med att planera längre fram när hon förkunnade: "Att en greve delar ut meddelanden till sina barn, det är inte acceptabelt. Vi ska genast anställa ny personal som kan passa upp på oss."

Pappa skakade på huvudet och sa högtidligt: "Jag ska ge dig en dag att hålla på, grevinna Penge, för jag är väl medveten om att detta har tärt på dina nerver ända sedan stilla veckan. Från och med imorgon fortsätter vi dock våra liv som om ingenting har förändrats."

George gav Anne en av de där hemliga "det vore väl för väl"-blickarna som syskon ofta utväxlar på sina föräldrars bekostnad.

"Min herre!" sa mamma. "Allt har förändrats! Vi måste besöka släktsätet vid första bästa tillfälle och lära oss om vårt arv. Nettlebury må vara en lämplig bostad för en gentle-mannafamilj, men en greve kan inte bo i sådan misär!"

Anne var glad att hon inte hade en tekopp vid läpparna just då, för i så fall skulle hon ha sprutat ut innehållet över sin klänning.

"Låt oss ta oss igenom vintern och det nya året först", sa pappa. "Vi reser till Penge, var nu det ligger, när våren gör sådana resor möjliga."

"Hur kan du plåga mig så?" Mamma skakade på

huvudet åt sin livskamrat. "Vi måste åka dit genast! Lord George är nu din arvinge, och även han måste lära sig hur en framtida greve ska föra sig, och lady Anne måste ha nya klänningar för säsongen!"

En säsong? En våg av upprymdhet for genom Anne vid denna spännande utveckling. Hon skulle få en säsong! Allt lät så storslaget och underbart.

Pappa lät blicken vandra genom fönstren ut mot världen. "Det snöar tillräckligt kraftigt för att en isbjörn skulle trivas. Jag tänker inte gå ut i det här och förkyla mig till döds. Jag har just blivit greve; jag tror jag tänker njuta av att vara det ett bra tag till."

Mamma vände sig till sina nästan vuxna barn. "George, Anne, våra liv har oåterkalleligen förändrats till det bättre, och det betyder att vi måste bli bättre människor. Anne, du måste ta lektioner i hållning och dans så att din säsong nästa år blir en triumf!"

George – lord George – fnissade i handen.

Anne kisade på honom som vedergällning.

"Och du, lord George, min lille prins, du ska ha samma sak, så som det anstår sonen till en greve som en dag ska föra familjetraditionerna vidare!"

Nu var det Annes tur att fnittra bakom handen.

Georges hållning säckade ihop. "Vilka familjetraditioner?"

Mamma satte händerna i sidorna med beslutsamhet. "Penges familjetraditioner!" Sedan tillade hon, tystare: "Vad de nu kan vara."

Tänk att när Anne vaknade i morse var hon bara miss

Anne Sloane, en gentlemans dotter. För knappt en timme sedan hade hon blivit The Honourable Lady Anne av Penge och fått sitt första – om än fruktansvärt burdusa och förvirrande – frieri!

KAPITEL 2

FEBRUARI 1819

Det var inte det berömda Almack's de besökte denna dystra senvintereftermiddag, utan något som liknade det. Kanske skulle de besöka den förnäma boningen när den riktiga säsongen väl började.

Idag intog de sina platser på ett förtjusande etablissemang som mamma kallade "Nästan Almack's" för att äta middag klockan fyra på eftermiddagen. Så de hade kommit upp sig i världen, som åt middag på en så påkostad inrättning, bara några dagar efter att de anlänt till London.

Blommor prydde varje bord och vägglampett. Stora urnor med blommor prydde varje dörröppning, deras tunga dofter blandade sig med de från vackra bivaxljus. Äkta påskliljor fanns i djupa skålar, med vridna pilgrenar som skapade en illusion av en vackert växande utomhusträdgård inomhus. Förtjusande gula krokusar visades också upp och matchade påskliljornas solsken. De flöt i skira skålar med vatten mitt på varje bord.

En elegant klädd kypare serverade dem soppan, överlämnade sedan ett meddelande till Anne med en bugning och gick.

Mamma betraktade meddelandet och sade: "Du tycks redan ha gjort intryck på någon?"

Anne vände på papperet och vinklade vaxsigillet mot ljuset. Det vände sig i magen på henne när hon kände igen sigillet hon hade sett en gång tidigare. En böjd fjäder och bokstaven T.

"Vem det än är", sade Anne och bröt sigillet, "så vet de att vi är här." Innan hon läste meddelandet kastade hon en blick över matsalen. Det fanns många upptagna bord, men varje sällskap verkade vara fullt upptaget av sitt eget. Ingen tittade åt deras håll; det var definitivt ingen som verkade iaktta Anne för att se hennes reaktion på brevet i hennes hand.

Så underligt.

Hon var på väg att fråga kyparen vem som hade gett honom brevet, men mannen hade rullat iväg med sin serveringsvagn. Hon skulle behöva ropa för att kalla tillbaka honom, och en gnagande röst i bakhuvudet sade att det inte skulle vara passande att ropa tvärs över ett rum fyllt av gäster. Gäster som mycket väl kunde hålla hennes öde för säsongen, och därmed hennes framtid, i sina händer.

Nyfikenheten tog överhanden. Hon bröt sigillet och öppnade brevet.

"Möt mig vid Venusstatyn i trädgården 16.15. T"

Anne vek ihop det lilla meddelandet och släppte det på bordet. "Ärligt talat, det här är löjligt."

Frustrationen gnagde på henne som en hungrig hund på ett ben. Hon såg sig återigen om i rummet, men ingen verkade titta åt hennes håll eller ägna deras bord någon uppmärksamhet. De andra gästerna här var alldeles för upptagna med sitt eget.

Mamma plockade upp meddelandet för att undersöka det, precis som hon hade gjort hemma i Nettlefield, när det första meddelandet hade anlänt från denne mystiske T. I en repris från den gången höll mamma upp papperet mot ljuset. Med samma resultat – papperet avslöjade ingen vattenstämpel eller andra igenkänningstecken. Anne såg sig om i rummet efter en klocka och konstaterade att den redan var tio över. "Vem det än är så är han ute i sista minuten, det är bara fem minuter kvar."

Mamma lade meddelandet i sin pompadour. "Det här är ytterst irriterande. Jag går i ditt ställe och läxar upp den här löjliga brevskrivaren."

Orden "Nej, mamma" låg på Annes läppar. För sent, lady Penge var redan på fötter och rättade till sin sjal, redo att gå i krig med väder och vind och denna fantom till brev-skrivare.

Anne visste inte om hon skulle följa efter eller sitta kvar. Om hon följde med, skulle de förlora sina platser? Deras biljetter hade instruerat dem att sitta vid bordet klockan fyra, men hon visste inte om det innebar att de fick resa sig innan måltiden var avslutad. (Det fanns så många nya regler hon desperat försökte lära sig utantill!)

Hur som helst hade mamma gått, så det var bäst att hon stannade vid bordet. När allt kom omkring, om hon satt kvar, kanske brevskrivaren själv skulle dyka upp.

Med en klunk het soppa kände sig Anne något återställd. Det var en härlig rätt. Tjock och krämig, en sorts skaldjursblandning, med starka örter och en aning peppar. Till soppan hade det också serverats ett fat med tunna kex. Hon lyfte ett till munnen, men hejdade sig plötsligt när hon lade märke till en gäst tvärs över rummet som bröt sitt kex i soppan. Du milde, var det så hon borde göra? Då hon inte såg några andra exempel på detta lade hon kexet på sitt tefat och lät det vara. Hon skulle inte svälta ihjäl utan det, och hon skulle inte skämma ut sig genom att äta det på fel sätt.

Medan hon rättade till servetten i sitt knä förundrades Anne över hur mycket hennes liv hade förändrats sedan hon kommit till London. Hennes nya eftermiddagsklänning från modisten hade kostat en hisnande summa, men mamma hade inte visat någon oro över betalningen. De hade något som kallades konto, och modisten hade bara nickat och lett och så hade de gått därifrån.

Grevetiteln måste ha kommit med en ansenlig förmögenhet, vilket förklarade varför så många familjer hade bestridit testamentet.

För Anne hade livet blivit en rad av nyöppnade dörrar och friska möjligheter. Mamma hade lovat Anne att det snart skulle finnas stiliga – stiliga och titulerade – män som skulle vilja dansa med henne.

Kyparen som hade levererat meddelandet återvände

med sin vagn och nya tekannor. Han placerade tyst en kanna på kanten av Annes bord och gjorde sig redo att gå.

"Ursäkta mig, unge man. Skulle ni kunna tala om för mig namnet på den herre som gav er brevet, som ni lämnade till mig tidigare?"

Kyparen rodnade. "Jag är fruktansvärt ledsen, ers nåd, det låg på ett fat med allmän korrespondens som skulle delas ut till gästerna. Jag såg inte vem som kom med det."

"Finns det ett fat för korrespondens?" frågade Anne.

"Ja, ers nåd, folk skickar regelbundet bud hit för att lämna och hämta meddelanden och dylikt. Skulle ni vilja lämna ett meddelande till någon? Jag kan hämta papper och ett sigill."

Men till vem skulle hon kunna adressera det? Hon hade bara en initial att gå efter. Kyparen var dock hjälpsam. Det skulle vara synd att neka honom chansen att hjälpa till. Han verkade genuint vilja hjälpa till. Och han hade en så vacker röst, en mjuk dialekt full av charm.

Mamma kom in igen och tittade på klockan. Den var nu tjugofem över.

"Några nyheter?" frågade Anne.

Mamma lät kyparen dra ut hennes stol så att hon kunde återta sin plats vid bordet. "Om han väntade på dig så gjorde han sig sannerligen osynlig när det var jag som dök upp."

Så irriterande. *"Såg du någon överhuvudtaget?"*

"Inte en själ", pustade hon frustrerat ut.

Kyparen hällde upp en ny kopp te åt henne.

Mamma sade: "Och lite extra, om ni har det."

Annes ögon blev stora som tefat över mammas djärva förfrågan.

Kyparen tog emot detta som inget utöver det vanliga. "Självklart, ers nåd", gjorde han en underdånig bugning och rullade iväg sin vagn, "jag är strax tillbaka."

Anne väste viskande över bordet: "Mamma, det är för mycket folk här."

"Det är i medicinskt syfte", sade mamma. "Det var bitande kallt utomhus. Jag kunde inte stanna en sekund längre."

Kyparen återvände med ett silverfat på vilket det stod en tekopp på ett fat. När han ställde ner koppen såg innehållet mycket ut som svagt svart te. Han höll sin röst låg och diskret. "Lite konjak, ers nåd. Ni kunde behöva lite värme efter att ha varit ute i kylan."

Anne log mot kyparen och tackade honom.

En charmerande stilig man, som med bättre kläder skulle se helt hemmastadd ut på de soaréer hon snart skulle närvara vid.

"Och till ers nåd", räckte han över ett litet pappersark och en kort penna till Anne. "Om ni skulle behöva det."

"Jag tackar", sade Anne och tog emot båda och lade dem på bordet. Hon tänkte inte skriva medan hon hade en publik, men likväl kunde detta vara användbart. Den här kyparen kunde vara användbar.

Han lämnade dem till deras måltid. Mamma smuttade långsamt på sitt "te" och slöt ögonen. "Det där satt fint."

"Var det ingen alls utomhus?" frågade Anne.

"Jag är rädd att så inte var fallet. Han måste ha stått så att han kunde se att det var jag och inte du i trädgården."

"Så förargligt", instämde Anne.

"Allt är inte förlorat", mamma vände sin uppmärksamhet mot soppan. Hon tog ett av kexen och doppade det i skålen, och förde det sedan till sina läppar. Du milde, Anne hade inte tänkt på att äta det på det sättet. Inte för att hon sett någon annan visa henne det.

Mamma slöt ögonen. "Åh ja, det här duger alldeles utmärkt. Undrar om den där kyparen letar efter en ny anställning? Vi saknar en betjänt i hushållet. Han är lång och stilig nog för rollen, och han är ytterst uppmärksam."

KAPITEL 3

APRIL 1819

Tre svindlande underbara baler senare satt Anne och mamma i mottagningsrummet i Penge House, i en del av St James's, nära parken och på behörigt avstånd från lukten från Themsen. Inte för att Anne kunde känna särskilt mycket lukt under sina morgonpromenader. Men tydligen skulle hon göra det när sommaren väl infann sig. Det vill säga om familjen inte drog sig tillbaka till sitt "sommarresidens", vilket, till Annes förvåning, var något som alla familjer verkade ha. Fortfarande så mycket att lära sig.

Pappa var inte hemma särskilt mycket nu för tiden, med tanke på att parlamentet var i session och att han nyligen hade gått med i Whigamore-klubben. Att gå med i en klubb var tydligen något som alla gentlemän behövde göra.

Bror George var knappt heller hemma nu för tiden. Han

hade också gått med i en klubb som fick honom att hålla helt andra tider än hon. Han sov hela dagen och gav sig iväg strax före midnatt för att äta supé och ... göra vad nu en jarls söner gjorde i London.

Familjen bodde på bottenvåningen och första våningen. Köken låg på baksidan och det fanns ytterligare våningar med rum ovanpå. Anne hade till och med hört att det fanns någon form av rum "för tjänstefolket", även om hon aldrig besökte dem.

Det senaste tillskottet till deras personal – kyparen från Nästan-Almack's som nu var deras betjänt – kom in med brickan med eftermiddagens visitkort och korrespondens.

"Tack, Fetch", sa mamma. De hade börjat kalla honom Fetch eftersom det var hans arbetsbeskrivning.

Det fanns många visitkort att titta igenom, inklusive två från den andre earlen Linford.

"Kanske hade de klibbat ihop sig och han menade bara att lämna ett?", funderade Anne.

"Kanske är han dubbelt så angelägen om att uppvakta dig?", sa mamma med en glimt i ögat.

Anne skakade på huvudet. "Mamma, om jag ska vara ärlig så står Linford ganska långt ner på min lista över föredragna friare. Han är ju bara en nyutnämnd earl, som man säger."

Mamma fnös. "Herregud, så snabbt du har börjat uppföra dig som om du själv vore född till en jarldotters liv!"

"Äsch, mamma, du nämnde ju själv att han inte var lika passande som några av de andra."

Mamma ringde i klockan och Fetch kom in i rummet. "Nytt te, Fetch", beordrade hon.

Han nickade och gick ut mot köket för att meddela personalen.

Mamma riktade blicken mot Anne och sa: "Det är sant, och du gör klokt i att sikta in dig på en mer etablerad familj. Linford är en tapper hjälte, missförstå mig inte, han gjorde utmärkt ifrån sig på kontinenten."

"Verkligen." Anne försjönk i tankar medan Fetch visade in husan i rummet med nytt te. Hon gick och han hällde upp en kopp till dem var.

Mamma sa: "Han avstod sin kungliga hedersbetygelse till sin sjuklige far, så att denne skulle bli den andre earlen, vilket vid första anblicken antyder ett längre släktarv."

"Tja, när du framställer det så har han åtminstone förtjänat sin rang. Vi verkar ju ha fått vår att falla i knät på oss."

"Struntprat, min kära, domstolarna förklarade att den skulle gå till din far, och det är en lång och förnäm släktlinje!"

"Ja, mamma."

Mamma smuttade på sitt te och rotade sedan bland korten. "Åh, markis Blithe! Se där, en fin karl!"

"Åh, snälla nej, mamma, när han andas på mig kan jag inte andas själv. Det är som om små varelser har dött mellan hans tänder."

"Otacksamma barn!", sa mamma. "Jag håller dock med om att hans andedräkt stinker. Det går väl inte att göra något åt, antar jag. Åh, titta här, earl Dabney har lämnat ett kort!"

En värme spred sig i Annes bröst, och det var inte från teet hon smuttade på. "Hur många earler har det funnits i hans släkt?"

"Fyra skulle jag tro, eller åtminstone tre."

"Var inte han också tapper på fältet på kontinenten mot Boney?"

Mamma fläktade sig med Dabneys kort och gjorde en min med läpparna. "Jag tror du kan ha rätt i det."

"Så varför är en tredje earl acceptabel, men en andra är det inte?"

Mamma krafsade bland korten som en höna som sprätter bland rester för att hitta en mask. "Det är helt enkelt så man gör. Åh, titta här, ett brev?" Hon fläktade sig med papperet och vände sedan på det för att se vem det var ifrån. "Jag tror bestämt att det är din hemliga beundrare igen!"

Orden "hemlig beundrare" sände orosilar genom Anne. Detta var ingen älskare som fick hennes hjärta att fladdra, det var mer som en oroande påminnelse om att deras lycka hade fått främlingar att vända sig mot dem.

Mamma räckte över brevet till Anne för att hon skulle undersöka det.

Sigillet såg ut som de andra som hade kommit med olycks-bådande meddelanden: en böjd fjäder över bokstaven T. Anne bröt sigillet med fingret under vecket. Istället för att klyvas i hela bitar, splittrades det i vaxflisor över hela mattan. Förbaskat!

Det var ett tecken på något mer olycksbådande, när

Anne läste lappen högt: "Jag är den sanne earl Penge, ni har stulit det som är mitt."

Mamma flämtade till. "Hur vågar han!"

Fetch, deras betjänt, som stod vid dörröppningen hostade till.

Anne såg bort mot deras kämpande betjänt. Hans trevliga ansikte såg blekt och eländigt ut.

Mamma krävde av honom: "Vem levererade den här lappen?"

Fetch hostade igen och sa: "Jag såg inte, Ers Nåd."

"Men det måste du ha gjort!" Mamma accepterade inte hans ursäkt.

"Förlåt mig. Jag var ute tidigt, och när jag återvände låg det redan flera kuvert adresserade till olika medlemmar av hushållet, under en sten vid ytterdörren."

Anne blinkade. "Under en sten?"

Fetch harklade sig försiktigt. Han såg så bedjande ut, som om detta var ett fruktansvärt misslyckande från hans sida. Var det hans fel om andra människor inte visste att de måste överlämna brevet till någon annan istället för att placera det under en jordklump? "Jag borde ha varit vid ytterdörren, men jag är rädd att de inte ville bli sedda, och väntade därför tills jag var borta för att lämna dem så att de inte skulle bli upptäckta."

Mamma skakade på huvudet. "Jag vill inte ha mer av det här. Från och med nu, om det ligger saker vid dörren, ska de inte tas in. Den som har lämnat dem kan leverera dem som en anständig och ordentlig person."

Anne inflikade: "Jag tror inte att de är anständiga och ordentliga, mamma. Inte med den ton det här har."

"Är det samma handstil som den förra?", frågade mamma.

"Jag kan inte vara säker. Jag har fortfarande den andra i mitt rum, jag ska jämföra dem. Jag fick inte en ordentlig titt på vaxsigillet, så jag kan inte vara helt säker. Det gick sönder på ett annat sätt, men det kan helt enkelt vara en annan sorts vax."

"Nåväl, låt oss inte bekymra oss över dessa dumheter. Du behöver muntras upp. Varför köper du dig inte en ny hatt? Fetch, följ med lady Anne när hon handlar."

Fetch neg. "Ja, Ers Nåd."

Anne ville egentligen inte ha en ny hatt. I sitt gamla liv, innan hennes far blev en earl, skulle hon ha tagit en av sina gamla hattar och gjort om den med några smarta stygn. Kanske skulle hon försiktigt ha sprättat loss ett band från en av sina äldre kjolar och sytt fast samma band på sidorna av hatten för att fräscha upp stilen.

"Ge din gamla hatt till mrs Browning", instruerade mamma. Mrs Browning var deras allt-i-allo som hade kommit med dem från Nettlebury. Nu var hon husföreståndarinna och hade underlydande som arbetade för henne. Att se hennes ansikte nu för tiden, skulle Anne ha svurit på att det var mrs Browning som hade blivit utvald att bli nästa prinsessa av Wales snarare än enbart husföreståndarinna.

Anne tänkte snabbt. "Jag ska ta brevet till mitt rum först, sedan byta till min promenadklänning för att gå och handla."

Mamma log brett. "Utmärkt."

Anne rusade uppför trappan, medveten om att hon skulle väcka misstankar om hon tog för lång tid på sig. Hon bytte kjol till en som passade bättre för en promenad utomhus och drog sedan på sig en varmare pelisse över. Åtminstone var hon nu presentabel som en jarldotter utomhus. Med den dyrbara tid hon hade jämförde hon breven från sin anonyma skribent och snörpte frustrerat på munnen. Det här brevet var inte skrivet med samma handstil som de två första! Ingen tvekan om saken, det var olika personer. Låtsades de vara samma person eller var det här en annan missnöjd arvlös man som krävde att grevskapet skulle tillfalla honom?

Så ytterst förargligt!

Och även, så ytterst tröttsamt. Familjen borde njuta av sin nyvunna ställning i societeten, inte undra över vem som skickade underliga brev till dem.

När hon återvände till mottagningsrummet satt mamma där och broderade monogram på en näsduk till sin man.

"Mamma, innan jag går tänkte jag visa dig det här. Dagens brev har en annan handstil. Det verkar som om någon annan också vill ha arvet."

"Definitivt en annan handstil", bekräftade mamma. "Det var ganska roligt och underhållande att tro att du kunde ha en hemlig beundrare, men nu verkar det som om ett gäng bedragare är ute efter att skada oss."

Fetch hostade försiktigt. "Jag ska hålla ständig vakt vid dörren och gripa alla som lämnar lappar."

Mamma vände sig mot honom med en sträng blick.

"Bra. Och just nu ska du följa med lady Anne när hon handlar och skydda henne från oönskade närmanden."

Fetch nickade. "Ja, Ers Nåd."

Om Fetch hade haft en metod för att se in i sin egen kropp, skulle han ha sett stora knutar på sina tarmar, förvridna vitala organ som hans lever och hjärta. Hans lungor skulle vara platta som oanvända bälgar.

Denna list var tänkt att ha varit ett snabbt sätt att ordna upp hans ekonomi. Den pråliga modern och den rara dottern verkade först vara ett lätt byte.

Men när han väl hade träffat dem, hade han insett att de var verkliga människor. Han kunde, med gott samvete, inte gå vidare med det.

Därför hade han beslutat att sluta. Direkt efter att ha levererat brevet i tesalongen. Han hade tagit på sig personaluniformen och hållit sig nära deras bord för att observera. Hans gäng väntade en bit ner på gatan, redo att råna dem.

Men då hade han snabbt insett att de var verkliga människor, och det kändes inte rätt. Särskilt inte när de erbjöd honom en respektabel tjänst i hushållet!

Han hade avblåst det och sagt till dem att han skulle arbeta med familjen, förvandla det till ett "insiderjobb" där de alla skulle få mycket mer än några få pråliga smycken från en nykrönt earl.

Han hade inte skrivit den senaste lappen. Men han hade en god aning om vem som hade gjort det. Han skulle hålla ett stadigt öga på lady Anne och se till att hon var säker när hon besökte butikerna.

Den plikten hade han inget emot alls.

Lady Anne hade verkligen vuxit in i sin roll som en jarldotter. Livsstilen passade henne, och för varje dag hade han blivit alltmer medveten om henne, så att han ville bita sig i handflatan.

Om bara hans far hade erkänt honom vid födseln istället för att förklara honom oäkta, skulle inget av detta ha behövt hända!

Ja, fortsätt du att intala dig det, sa han till sig själv. Det var slöseri med hans eget förstånd att argumentera med sig själv om att det fanns några rättfärdiganden för hans tidigare handlingar. Vrede och personlig stolthet hade tagit beslutet åt honom. Och sedan hade han varit för djupt nere i flaskan med sina gamla kompisar från hamnen. Plötsligt hade denna illvilliga, bländande idé i stundens hetta blivit en fullfjädrad plan som han inte kunde stoppa även om han hade velat.

"Redo när ni är, Ers Nåd", sa han när lady Anne dök upp vid dörren.

Hennes mor sa: "Jag har fått för mig att betjänter ska synas men inte höras."

Han gav en artig bugning för att visa att han förstod, eftersom han aldrig tidigare hade blivit utbildad till betjänt. Allt var nytt för honom. Ändå ogillade han att göra fel. Skulle han be om ursäkt eller förbli tyst?

"Bra", sa mamma, som om hon besvarade hans tysta fråga. Sedan vände hon sin uppmärksamhet mot Anne. "Var tillbaka inom en timme, kära du. Det är mulet ute och kommer troligtvis att regna. Och om det är något annat du behöver, skickar jag mrs Browning för att hämta det." Hon hade en bok i handen och höll upp den. Hennes tumme var instucken mellan sidorna och hon lyfte den till ögonen för att läsa lite mer. "En dam ska endast handla dekorativa föremål som hattar, skor, klänningar, band och dylikt. Om hon behöver ätbara varor måste hon skicka sin kökspersonal och inte ses utföra sådana sysslor, så att hon inte misstas för tjänstefolket."

Fetch ville fråga vem som hade skrivit en så befängd bok, men höll sina tankar för sig själv.

Butlern öppnade dörren för dem och lady Anne gick ut, med Fetch några steg bakom. Det skulle förstås göra konversation omöjlig, vilket var anledningen till att han var tvungen att hålla sig på avstånd. En jarldotter skulle inte tala offentligt med sin betjänt. Han behövde ingen högdragen bok för att berätta det för honom. Han kanske inte hade vuxit upp som en jarls son, med alla de privilegier som följde med det, men han visste hur societeten fungerade.

Hans egen far hade gjort honom arvlös i ett anfall av illvilja och hade varit för envis för att ta tillbaka det. För jävla egensinnig för att gottgöra. Han var en earl! Earler bad inte om ursäkt!

"Fetch, har du varit betjänt förut?", frågade Anne och vände huvudet bakåt mot honom.

"Jag har varit många saker, men inte betjänt", svarade han och gav henne ett avspänt leende. Han stannade för att upprätthålla avståndet mellan dem.

Anne såg besviken ut över hans svar och klev närmare honom. "Jag hoppades att du kanske visste lite mer om den positionen, för att hjälpa mig i min. Ser du, min far har först nyligen blivit utnämnd till earl."

"Jag tror att termen är 'förlänad', är det inte så?", sa Fetch.

Anne snörpte på munnen. "Det är precis därför jag behöver all hjälp jag kan få. Vet du mycket om hur earler och deras familjer ska bete sig?"

Fetch tog ett långsamt andetag och ryckte sedan på axlarna. "Min erfarenhet av hur earler beter sig är inte god, och jag hoppas innerligt att dessa erfarenheter tillhör minoriteten."

En vagn kom rullande nerför gatan.

I hög fart.

"Ers Nåd!", ropade Fetch. Han rusade för att nå henne men vagnen körde så fort.

Hästarna var utom kontroll.

Anne skrek, stelfrusen av skräck.

"Flytta på dig!", skrek Fetch åt kusken med vilda ögon.

Han grep tag i lady Anne och drog henne med hela sin kropp åt sidan, undan faran. Utan att inse sin egen styrka drog han henne för hårt, för snabbt, och hon föll mot honom i en röra av buskar och ett trassel av lemmar.

Vagnen och dess skräckslagna kusk slet förbi och missade dem med en hårsmån.

Hon hostade och hostade och harklade fram något om hur nära hästen var.

"Är ni skadad, Ers Nåd?", frågade Fetch medan han hjälpte henne på fötter igen. Beröringen av hennes hand i hans fick pulsen att vackla. De var offentligt, han var en betjänt, han borde släppa henne. Återfå sin jämvikt.

Motvilligt släppte han henne.

Som en riktig dotter till en earl borde hon tillrättavisa honom och kräva att han höll avstånd. Istället klappade hon sig på nacken och sa: "Du räddade mitt liv!"

Han fann inga ord, bara värme.

"Tack", sa hon. "Jag var tankspridd och ouppmärksam. Om det inte vore för dig kunde jag ha blivit nertrampad till döds!"

Han tvingade fram ord för att hålla deras besök hos modisten på rätt spår. De borde inte stå här och samtala, även om hon tackade honom. Det gjorde man helt enkelt inte. "Jag tänkte inte, jag bara agerade. Jag hoppas att ni inte är skadad. Vill ni återvända till hemmets trygghet så kan butlern tillkalla en läkare?"

"Jag mår bra. Bara lite skakad. Mor kommer att skälla ut mig för att jag kommer tillbaka för tidigt eller något. Jag gör alltid fel. Vart var vi på väg?"

Han borde ta henne hem; hon kunde svimma och då skulle han behöva bära henne, och det skulle skapa mer skandal än att bara ses prata med sin betjänt så här. I sitt synfält hade en liten folksamling bildats; folk kommenterade den skenande vagnen.

"Jag ska eskortera er hem för att undvika ytterligare problem", lyckades han säga.

"Nej!" Hennes ansikte rodnade. "Det där utropade jag alldeles för högt. Jag … jag är oskadd. Jag vill verkligen hinna till mitt möte med modisten."

Med det vände hon sig om och började gå ifrån honom.

"Det är en vänstersväng här", ropade han efter henne.

Den lilla folkmassan skingrades när Anne korrigerade sin kurs och svängde vänster.

Fetch knöt händerna. Han var en patetisk betjänt, allt som allt. Han borde ha varit mer uppmärksam. Han borde ha gått framför henne och skulle ha sett vagnen tidigare. Då kunde han ha vinkat till sig kusken och schasat bort hästarna från lady Anne. Han skulle inte ha behövt röra vid henne, än mindre kasta henne i sidled med hela sin kropp.

Men om han var en dålig betjänt, visste han nu, med fullständig säkerhet, att han var en fullkomligt usel utpressare.

Anne svängde vänster på Fetchs förslag, med förlägenhet brinnande inom sig. Hennes tankar for runt när hon kämpade för att återfå fotfästet. En fot framför den andra verkade fungera, så hon fortsatte med det. Hela tiden pulserade hennes blod av underliga förnimmelser.

Den där hästen hade varit så nära att hon hade kunnat räkna morrhåren runt hans utsvängda näsborrar! Sedan den plötsliga rusningen när hon flög i sidled, in i Fetchs armar och buskaget.

Hon sträckte handen mot huvudet och drog ut en liten kvist. Bäst att inte dyka upp hos modisten som om hon hade blivit dragen baklänges genom en buske.

Hon saktade ner farten, kastade en förslagen blick bakåt

och såg att Fetch höll jämna steg med henne. Han sa, när han nickade åt hennes håll: "Jag ska ta ledningen för att förhindra fler sådana incidenter."

Tack och lov att han inte hade insisterat på att ta henne hem. Mamma skulle ha ställt till med ett sådant ståhej. Och för vadå? För att hon inte hade varit uppmärksam? Anne kunde mycket väl förebrå sig själv för den försummelsen; hon behövde inte att mamma lade sina egna lättretliga känslor på högen.

Hon skulle tacka Fetch ordentligt för hans beslutsamma agerande. Han hade räddat hennes liv. Det var hon säker på.

Han gick några steg före, vilket gav henne en utmärkt vy över hans gestalt. Hans lediga lemmar, hans markerade axlar, sättet hans riktiga hår stack ut från under betjäntperuken som fortfarande var något på sned från deras äventyr. Borde hon kommentera det?

Nej, han såg mycket mer älskvärd ut med det felsittande håret. En lock av mörkblont hår som krullade sig i ändarna där det nuddade hans axel. Hon skulle inte säga någonting.

Han vände sig mot henne med ett outgrundligt uttryck.

"Varför har vi stannat?", frågade hon när hon ställde sig bredvid honom.

Han pekade med handen mot en butiksdörr.

"Åh!", sa Anne och skrattade sedan bakom handen. "Modisten." De hade nått butiken hon hade varit så fast besluten att besöka. "Jag måste ha varit tankspridd igen."

Oro fyllde hans ögon. "Är ni säker på att ni mår riktigt bra?"

Hur vågade han vara så rar och orolig för henne. Han borde vara osynlig, men nu kunde hon aldrig gå tillbaka till att låtsas att han inte existerade, som folk måste behandla sin personal. Inte efter idag.

"Jag kommer att klara mig", sa hon och vände sig bort för att betrakta hattarna hon kunde se genom fönstret. "Jag tvivlar på att några skenande hästar kommer att anfalla mig där inne."

Det kunde de väl inte, eller hur?

"Jag stannar här, för säkerhets skull", sa han.

Leendet han gav henne gjorde något konstigt med hennes revben. Hon kunde inte riktigt sätta ord på det. Det kändes dock lätt och lyckligt, och därför visste hon att det måste vara bra. "Tack. Jag känner mig tryggare med vetskapen att du kommer att vara här och vaka över mig."

Tryggare var det tryggaste hon kunde komma på att säga. Hon ville inte erkänna något annat. Allt detta var så snabbt och … farligt.

Det måste helt enkelt vara hennes tacksamhet för hans tjänst. Hon var upprörd och hade fått en fruktansvärd chock.

Kanske hade det varit bättre att återvända hem, där hon kunde dra sig tillbaka till sitt rum och svimma i enskildhet. Nu var hon tvungen att slösa tid i en hattaffär bara för att bevisa att hon kunde andas stadigt och förbli upprätt efter ett sådant äventyr.

"Ers Nåd", sa han med en generös bugning.

Hon nickade och gick in i butiken, trygg i vetskapen om att han skulle vara bara några meter bort och se efter henne.

Men samtidigt spred sig en underlig spänning genom henne, medveten om att han verkligen skulle vara bara några meter bort och se efter henne.

Av allt som hade kommit hennes väg sedan hon blev dotter till en earl, måste en betjänt som Fetch vara det bästa av allt.

Vilken tur att han hade varit på Nästan-Amacks när hon och mamma drack te den där eftermiddagen för knappt två månader sedan.

KAPITEL 4

an hade valt namnet Fetch som ett slags skämt, men det hade visat sig vara till hans fördel. Det beskrev visserligen vad han gjorde, men det förde också tankarna till något mörkare. Den gången då hans far hade vrålat: "Hämta mig en advokat, jag vill att det ska bli känt att jag inte har någon son!"

Hans far hade mycket riktigt hämtat advokaten, och den unge Fetch hade funnit sig inte bara hemlös utan även namnlös. Att vara hemlös var inget större bekymmer, det var han van vid, men han hade alltid hoppats att hans far inte hade varit en sådan fullständig tyrann. Att hans vrede var ett missförstånd. Att det gick att resonera med honom och få honom att acceptera fakta, även om han inte särskilt gärna ville acceptera dem.

Om hans far kunde se honom nu skulle han skratta hånfullt. Den arvlöse sonen till en earl, som hankade sig fram som betjänt.

Kanske hade hans far lidit av samma sjukdomsanfall som kungen uthärdade. Det måste vara därför han i sin feberilska hade kastat ut Fetchs mor och sedan ångrat det djupt när febern hade lagt sig.

Han skulle aldrig kunna avslöja sin hemliga skam för familjen som nu höll honom i säkerhet.

Hur skulle han gå vidare härifrån?

Försiktigt, naturligtvis.

Nytt regn anades i vinden.

Framsidan på hattaffären hade smala takfötter som erbjöd föga skydd. Det var hans plikt att stanna kvar utomhus medan damen han följde med avslutade sina inköp, så han blev stående på trottoaren. Han fällde upp sitt paraply för att skydda huvudet, precis när duggregnet övergick i ett skyfall. Fetch tog ett steg åt sidan till en annan butiksfasad som erbjöd mer skydd mot väder och vind, där han kunde fälla ihop paraplyet och inte ta upp lika mycket plats.

Det grämde honom fortfarande att han kunde ha blivit näste earl, om han bara hade vetat tidigare. Om han bara hade haft medel att skaffa sitt eget juridiska team och göra anspråk på sin rätt.

Ödet måste skratta åt honom nu, där han stod i familjen Penges livré, med skorna som fylldes med vatten från regnet som stänkte mot trottoaren – en del av familjen men ändå inte.

En insider men ändå en fullständig outsider.

Han skulle vänta här tills hans matmor kom ut från hattaffären, och då skulle han hålla paraplyet över hennes huvud med ena armen, samtidigt som han bar hennes hattaskar med den andra. Eller så kunde han vinka in en droska, vilket skulle hålla dem båda torra.

Ja, droskan.

Han vinkade in en och bad kusken att vänta medan hans matmor handlade färdigt.

"Tarrington? Är det du?" frågade kusken.

Fetch tittade upp på kuskens ansikte och drabbades av igenkänning. "Hartley?"

"Du milde! Tarrington, det är ju du!" sa Hartley.

"Det är Fetch nu."

Kusken lade ett finger mot sin näsa. "Hemligheten är säker hos mig, Fetch."

Han sa det inte, men Fetch hörde det outtalade "för rätt pris". Borde han skicka iväg honom? Han var precis på väg att göra det när lady Anne kom ut ur hattaffären och vinkade glatt åt hans håll.

"Utmärkt, du har skaffat en droska", förklarade Anne.

Ingen vidare bra sådan. "Har ers nåd fler inköp att göra? Vi kan väl skicka iväg den här?"

"Borde jag köpa fler hättor? Är tre inte tillräckligt? Jag är osäker på vad som är det rätta antalet hättor."

Han tog hand om hattaskarna så att hon hade händerna fria. "Ers nåd, betrakta inte på något vis mina åsikter som typiska. Jag är säker på att jag vet ännu mindre om hättor, och än mindre det erforderliga antalet, än ers nåd själv. Med er mors vägledning och er naturliga charm kommer ni sällan att trampa fel." Behövde han låta så inställsam? Vad var det för fel på honom?

"Tack", Anne gav honom ett strålande leende som värmde något inom honom, trots det kalla vädret. "Det är mycket lugnande."

Han suckade tyst för sig själv över att han inte hade tagit i för mycket. Hur som helst var betjänter menade att vara charmerande, det var han säker på. "Jag är förtjust över att kunna vara till hjälp", svarade han.

"Ni kan hjälpa mig in i droskan", sa hon.

Självklart! Det regnade nu ihärdigare, så han höll askarna i ena handen och med den andra höll han paraplyet över hennes huvud och ledde henne.

Kusken steg ner och fällde ner trappsteget åt henne, sedan öppnade han dörren.

Anne klev in och satte sig.

Fetch klev därefter in efter henne.

"Vad gör du?" frågade Anne.

Åh, tusan, han skulle ju inte åka med henne. Tänk ut något! "Jag ville försäkra mig om att ers nåd är redo för färden och att den tidigare upplevelsen idag inte har orsakat er onödig oro för att färdas i vagn."

"Jag kommer att klara mig bra, se bara till att John Kusk inte kör fortare än trav."

"Handtagen verkar vara i gott skick", sa han och drog i vart och ett för att se till att det inte gav efter.

Nöjd med att hon skulle få det bekvämt och att han hade rett ut sin fadäs, klev han ut, fällde upp trappsteget, stängde dörren och flyttade sig sedan för att inta betjäntens plats baktill på droskan. Han höll sig i handtaget med en hand, men när droskan ryckte iväg vred sig paraplyet ut och in i vinden.

"Vart bär det av, betjänt?" ropade Hartley. "Berkeley Square, kusk", svarade han.

Han rättade till paraplyet, men med vindens och regnets riktning och behovet av att hålla i handtaget med båda händerna, bet Fetch ihop tänderna och stod ut med regnet hela vägen tillbaka till huset.

Vid ankomsten till huset utförde Fetch de vanliga betjäntplikterna för att få sin skyddsling tryggt och torrt inomhus. Sedan var det dags att betala kusken.

Hartley sa: "Du har landat på fötterna, va, Tarrington?"

Tvärtom. Rädslan fick honom att undra om han inte hade blivit nersläppt i en enorm, kall pöl. "De är bra människor, Hartley."

"Har inte antytt något annat." Mannens ansikte var outgrundligt, hans tonfall neutralt. Det var det som gjorde honom så bra på det han gjorde, för Fetch kände sig aldrig jämbördig med honom.

"Jag måste berätta för dig att jag har ändrat mig angående planen."

Hartley nickade undanglidande. "Jag vet att du har det."

Iskall rädsla for genom Fetch. Hur kunde Hartley veta? Vänta nu. "Det var du som skrev brevet."

Att hantera konflikter hade aldrig varit Fetchs starka sida. Hans far hade förskjutit honom och istället för att säga emot hade han gått därifrån i hopp om att hans far skulle ta sitt förnuft till fånga och ändra sig. Den välbekanta kalla rädslan manade honom att retirera igen.

En reträtt skulle rädda hans eget skinn, men inte familjen Penges.

"Vem ska bevisa att jag skrev det?" utmanade Hartley.

Fetch hade inget svar.

Hartley höll tömmarna i händerna och kastade en blick åt sidan på Fetch. "Det spelar ingen roll för mig om du är med eller inte. Vi håller oss till planen. Du kan vara med eller stå utanför. Och jag vet att du inte kommer att säga något till någon eftersom du sitter i det här upp över din betjäntperuk och du kommer att hängas för det precis bredvid oss."

Oförmögen att svälja förbi klumpen i halsen knuffade Fetch sig bort från vagnen. Förbannade Hartley, och förbannade hans egen patetiska feghet för att han inte stod upp för sig själv. Han hade aldrig känt sig så svag eller dåraktig.

Men framför allt fruktade han för familjen Penges säkerhet, alla fyra lyckligt ovetande om farorna som deras nya arv hade medfört.

KAPITEL 5

Veckorna gick och det blev vår. Det var rent ut sagt omöjligt för Fetch att koncentrera sig på sina uppgifter när han såg lady Anne blomma ut i sin nya ställning som earlens dotter. Visitkorten fortsatte att strömma in, liksom inbjudningarna till otaliga baler, reciteringar och promenader.

Familjen anställde mer personal, eftersom earlen tillbringade alltmer av sin tid i Överhuset och även på The Whigamore, herrklubben för parlamentsledamöter.

Lord George sov hela dagarna och klädde sig sent på eftermiddagen. Vart han tog vägen om kvällarna var hans ensak.

När våren övergick i sommar var grevinnan Penge och lady Anne i full färd med allehanda aktiviteter. De var bjudna på en större bjudning i Surrey, vilket innebar att de måste ta med sig minst två pigor och två lakejer.

Fetch försökte desperat att inte flina när grevinnan Penge talade om för honom att han skulle följa med.

Allt gick så fantastiskt bra, tills vagnarna anlände.

Vem körde den främsta vagnen om inte Hartley!

Förbannade karl, det här skulle sluta illa.

"Jag skulle inte försöka med något, Hartley. Familjen har fortfarande gott om personal i Londonhuset, och earlen och hans son är fortfarande kvar där."

"Inte länge till", sa Hartley och krökte föraktfullt på läppen. "Den unge lordens spelskulder växer. Som du mycket väl vet."

Fetch visste det inte, men han kämpade för att dölja sin överraskning i både min och röst. Fan, lord George måste ha fallit för spelhålornas lockrop. "Han reder nog ut det."

Hartley fnös och snärtade till med tyglarna. "Lord George är så bra på att förlora att han har besparat mig besväret att sätta dit honom."

Det måste vara en lögn. Ännu ett sätt för Hartley att försöka skrämma honom till att avslöja hemligheter. Fetch förklarade: "Lord George är rådig."

"Det är han förvisso", höll Hartley med. "Han har betalat mig med familjens silver den senaste månaden. Om han fortsätter så här kommer de inte ha något att äta med i september."

Det surrade som en getingsvärm i Fetchs huvud. Hartley måste ha fel. "Det saknas inget från silvret. Jag sover i köket och skulle märka om någon smög sig igenom mitt i natten."

Hästarna saktade in för att låta en annan vagn passera. En impuls att hoppa över till vagnen som var på väg tillbaka till London grep tag i Fetch, men han var tvungen att stanna kvar hos grevinnan och lady Anne. När han på allvar övervägde att göra det var tillfället förbi.

Han förbannade sin feghet än en gång.

Han borde stoppa vagnen och kräva att de vände om. Men hur skulle han förklara det för grevinnan? Eller för lady Anne, som måste vara uppfylld av spänning inför sin första stora bjudning.

Nej.

Det här var Hartley som droppade gift i hans öron, det var han säker på.

Det skulle vara bättre för damerna Penge om han inte sa något.

Om det Hartley påstod var sant skulle de få reda på det tids nog. Eller så kanske earlen skulle lyckas rädda sin son ur skandalen.

Det var vad en fegis skulle intala sig själv, tänkte han dystert.

Och, tänkte han själviskt, om familjen föll i onåd skulle lady Anne vara på samma nivå som han själv.

Det skulle kanske kunna bli det bästa.

Efter två dagar i änkevicomtessan Harrows hus hade Anne ett avtalat möte med en earl i Gula salongen. Självaste earl Dabney. Hon hade dansat en kvadriilj med honom för mindre än en månad sedan, på en kvällssoaré. Om allt gick väl skulle de säkert dansa en vals på Almack's, och därmed skulle hennes livs ambition uppfyllas.

Och gifta sig med earlen, förstås.

Anne var i extas när hon tänkte på hur spännande hennes liv hade blivit. Bjudningen var allt hon hade kunnat hoppas på. Härliga promenader i trädgårdarna, tebjudningar, kvällsdanser, middagar, sällskapslekar och förtjusande sällskap. Med mamma som förkläde och Fetch stående utanför dörren satt hon vid elden och hade ett stillsamt samtal med en earl. En riktig earl!

Ja, hon var ju själv dotter till en earl nu, men den här var en riktig earl, som hade växt upp med att veta hur en earl skulle vara.

Mamma slog sig ner med en bok i den trehörniga soffan. Hon satt med ryggen mot Anne, men ändå i närheten för att garantera anständigheten.

Steg hördes i hallen, Fetch öppnade dörren för earl Dabney och nickade tyst in honom. Dabney ställde sig i givakt och gjorde en djup bugning mot dem.

Anne och mamma reste sig. Mamma nickade och Anne gjorde en djup nigning.

"Grevinnan Penge", sa Dabney. "Det skulle vara mig ett nöje och en ära att få ta en sväng i rummet med lady Anne."

"Min lord, det skulle lämpa sig väl", sa mamma.

Anne svävade praktiskt taget fram för att ta hans erbjudna arm, desperat att inte skynda sig fram till honom för att inte verka alltför ivrig. Att snubbla skulle vara ytterst skamligt.

På något sätt nådde hon fram till honom utan att göra bort sig och lade sin hand på hans arm. "Min lord", sa hon.

"Var snäll och kalla mig Dabney", sa han med en glimt i sina stålgrå ögon.

Åååh, allt gick så magiskt bra.

Men bakom honom kunde hon se Fetch blinka långsamt. Mannen som hade räddat hennes liv. Som var så nära, men ändå med en avgrund mellan dem. Det var en fånig förälskelse att hon tänkte så mycket på honom. Tacksamhet för att han räddat hennes liv. En attraktion som fötts ur flykten från faran med de där hästarna.

"Jag är förtjust över att få tala med er idag, lady Anne. Så strålande ni ser ut. Landsluften klär er."

"Tack, min l... Dabney", fnissade hon nästan åt att vara så familjär, men han hade ju sagt att hon fick. "Ni är också sinnebilden av god hälsa."

Han log och lade sin fria hand ovanpå hennes. "Ni måste väl veta varför jag har bett att få uppvakta er denna morgon?"

Anne vågade knappt andas, för att inte missa hans nästa ord, som skulle vara fullständigt avgörande. Tyst nickade hon.

"Det skulle vara mig en ära", sa han och såg henne rakt i ögonen, "om ni skulle tillåta mig att uppvakta er."

Anne strålade av förtjusning. Hennes kropp måste glöda så starkt att hon kunde överglänsa solen.

Från andra sidan rummet reste sig mamma och viskväste: "Ja, säg ja!"

Det var då hon fick syn på Fetch, som blundade som om han bad en bön. Han måste skratta åt henne. Lakejen visste inte sin plats! Hon skulle sätta honom på plats senare. Hon såg upp i Dabneys mjuka, bruna ögon och sa: "Jag tackar er, och jag accepterar ert erbjudande om uppvaktning."

"Utmärkt."

Innan hon kunde hejda sig själv utbrast hon: "Ni får gärna ordna biljetter till Almack's åt mig, så ska jag reservera en vals för er, min lord."

Vilken känsla!

Han flinade och skakade omärkligt på huvudet. "Slyna."

Skulle han kyssa henne nu? Anne slöt mjukt ögonen och väntade på att han skulle göra henne till sin. Istället lyfte han hennes hand och kysste hennes knogar. Sedan bugade han och sa: "Jag tackar för ert samtycke. Ursäkta mig, men jag har korrespondens som jag måste ta hand om." Han bugade över hennes hand och lämnade sedan tillbaka den. Därefter gjorde han en kort nick mot mamma och önskade henne god morgon innan han gick ut.

Fetch grep tag i handtaget och öppnade dörren för att släppa ut Dabney, och stängde den sedan tyst bakom honom.

Mamma grep Anne i en våldsam kram. "Min älskade flicka, du har skött det magnifikt."

Hennes blick mötte Fetchs för ett ögonblick och hon kände sig plötsligt illamående. Det måste vara känslostormen. "Tack, mamma. Jag tror jag ska dricka te i våra rum och vila en stund, för att återfå balansen."

"Utmärkt idé. Fetch? Se till att pigorna tar med te till våra rum."

Mamma pladdrade oavbrutet hela vägen till deras rum. Vid det laget kände sig Anne redo att svimma av ... av vad då egentligen? Känslor, troligtvis.

Och spänning.

Tänk, just i denna minut, i ett annat rum på detta vidsträckta gods, satt earl Dabney och skrev till patronessorna på Almack's för att säkra hennes biljetter.

Två dagar senare satt Anne och intog rostat bröd och te i sina rum när ett nytt meddelande anlände.

Mamma lyfte det från silverbrickan och tittade på det och klickade irriterat med tungan. "Förargligt, det är från honom igen!" Utan att räcka över meddelandet till Anne bröt hon sigillet. Vaxet splittrades i flera bitar.

"Var det samma sigill?"

Mamma nickade. "Ja, den krulliga fjädern och bokstaven T", sedan vecklade hon ut brevet och läste högt.

" 'Kära lady Anne,'

Ja, det är samma handstil som i det förra otäcka brevet också."

Hon läste lite tyst för sig själv och återgick sedan till där hon slutat.

"Mycket otäckt. Han skriver: 'Er far är vanärad, liksom er bror. Borgenärerna säljer ut Penge House. Ni är ruinerade. Fly omedelbart tillbaka till Nettlefield och besvära aldrig societeten igen.'"

Mamma tappade brevet och höll i sig i ryggstödet på en närbelägen stol, sänkte sig sedan ner i den och grep tag i armstödet hela tiden för att inte glida hela vägen ner på golvet. "Jag är helt förstummad", sa mamma. "Detta kan inte vara sant."

Chockad och samtidigt rasande insåg Anne att de inte kunde låta denna fruktansvärda nyhet – som utan tvivel var helt osann – komma ut. Den måste vara monumentalt felaktig, förstås, men om någon annan fick veta innehållet i detta brev skulle de bli skandaliserade.

Anne klev ut ur rummet och såg ner längs korridoren. Bra. Den var tom, förutom Fetch som plikttroget stod vid deras dörr. Hon viskade: "Kom in här, skynda dig."

Han gjorde som han blev tillsagd, och Anne stängde dörren i samma ögonblick som han kom in.

Mamma solfjädrade sig med brevet och skakade det sedan mot Fetch. "Vem skickar dessa meddelanden?"

Fetch öppnade och stängde munnen ett ögonblick, i någon sorts tillfällig dvala, innan han tog in grevinnan Penges bleka ansikte. Brevet darrade i hennes fingrar. Anne sa: "Du skulle inte blekna så där om du inte redan visste hur allvarligt det här var. Du känner igen handstilen, eller hur?"

Han sjönk ihop där han stod och såg lika slapp ut som de avlagda kläder som Anne brukade ställa ut åt lumpsamlaren.

Han muttrade: "Gode Gud, vilken röra", medan han letade efter en egen stol att falla ihop i.

En lakej som inte kunde stå upprätt? Det här måste vara otroligt allvarligt.

Illamåendet vällde upp inom Anne när hon funderade på om meddelandet i det där brevet överhuvudtaget kunde vara sant.

Som den sista som stod upprätt krävde hon: "Tala om för mig vad som pågår, Fetch, och berätta allt. Omedelbart."

Fetch begravde ansiktet i händerna. "Det är Huntley. Kusken. Han är inte alltid kusk, men han spelar en just nu. Det här var hans idé."

Förbannad vare hans feghet för att han inte sa något tidigare. Damerna var ruinerade. Inget gott kunde komma ur detta.

Anne tryckte upp det senaste brevet i ansiktet på honom. "Skrev du det här?"

"Nej", sa han och lade handen över hjärtat; kände hur det bultade under rocken. "Jag skrev två tidigare brev. Och sedan ... träffade jag er och grevinnan. I tesalongen. Och när jag väl hade gjort det, ja, då var ni riktiga människor, inte ansiktslösa mottagare av arvet. Jag kunde inte längre fullfölja det. Jag slutade. Tyvärr ... tog Huntley över."

Hon var tvungen att tro på honom, och grevinnan. De måste helt enkelt, för han talade sanning. Inte för att det skulle hjälpa honom vid det här sena laget. Om det någonsin fanns en tid att finna sitt mod, så var det nu.

Lady Anne blängde på honom. "Vem är T?"

Iskall rädsla for genom ryggraden på honom. "Snälla, tro mig. Min far var den framlidne Arthur Tarrington, femte earlen av Penge. Han gjorde mig arvlös, förklarade mig illegitim."

Grevinnan samlade sig och frågade: "Ni är den framlidne earlens son?"

Han var glad över att äntligen kunna bekänna. Han skulle aldrig kunna återvända till sitt gamla liv, inte nu, men det betydde inte att han behövde lägga sig i deras längre. Bekännelsen gav honom lite styrka, som om han hade lagt ner en tung börda från sina axlar.

"Det var jag. Jag var också en fegis och stod inte upp mot honom. Om jag hade gjort det, skulle inget av detta ha hänt. Istället lät jag min sårade stolthet styra mitt omdöme. Jag vägrade att tigga för att komma tillbaka i hans nåd. Han hade kastat ut mig och ... jag trodde att han skulle ändra sig som han alltid brukade. Men det gjorde han inte. Jag höll mig borta så länge mina medel räckte ... och när de tog slut vägrade jag fortfarande att åka hem tills far kallade på mig och bad om ursäkt. Jag hade inte gjort något fel. Jag trodde att han skulle inse det och komma till sans. För att göra saken värre korsades min väg av Huntley när jag nått botten. Jag hamnade i hans sällskap. En större samling skurkar och bovar kan ni aldrig föreställa er. Medan jag hade väntat på att min far skulle ändra sig, dog han. Jag fick inte veta det förrän det var för sent att bestrida hans testamente."

Under hela tiden han talade gick lady Anne fram och tillbaka i rummet. Sedan satte hon sig bredvid sin mor och höll kvinnans hand och klappade den mjukt. Försäkrade sin chockade och känslosamma mor att allt skulle bli bra.

En osannolik händelse, med tanke på Huntleys inblandning.

Anne visade honom det senaste brevet. "Skrev du det här?"

"Nej, det där är inte min handstil. Det är Huntleys, skulle jag tro." En djup suck av uppgivenhet undslapp honom. "Om jag inte hade varit en sådan fegis, skulle jag ha återvänt tidigare. Åtminstone innan mina medel tog slut. Kanske hade jag kunnat lappa ihop saker och ting med far ... eller åtminstone vetat att han hade gått bort så att jag kunde ha bestridit testamentet. När jag fick reda på vad som hände var jag full av min fars ilska – den måste ligga i blodet – jag skrev ett brev till er i Nettlefield, jag antar att det kom fram?"

Anne nickade.

Han fortsatte: "Jag skrev också det som jag överlämnade till er i tesalongen. Men det var bara de två. Alla andra ni har fått är inte skrivna av mig. Jag insåg nästan omedelbart att jag inte kunde fortsätta med charaden. Ni var båda alldeles för vänliga och generösa."

Lady Penge skakade på huvudet. "Vi gav er anställning! Trygghet!"

"Vilket jag verkligen uppskattade. Jag har gjort mitt yttersta för att hålla Huntley stången sedan dess. Han är en farlig man. Det var han som fick hästarna att skena den där dagen."

Anne flämtade till. "Var det med avsikt?"

"Jag är rädd för det."

"Du visste det, och ändå utsatte du mig för fara?" krävde Anne.

"Nej! Snälla, förstå, jag visste inte att det var han, och jag hade ingen aning om hur långt han skulle gå. Det var först senare som jag lade ihop pusselbitarna, att det var Huntleys verk."

Grevinnan såg förvirrad ut och förde en näsduk till ansiktet. "Vad är det mannen talar om, kära Anne? Vilka hästar?"

Fetch kände att han ville kräkas över sina fötter. De hade hållit hästincidenten hemlig för grevinnan Penge. Att berätta om händelserna skulle bara skada den stackars kvinnans nerver ytterligare.

"Jag borde kasta det här brevet i elden", sa Anne, vilket förvirrade hennes mor ytterligare men var ett utmärkt sätt att byta ämne tillbaka till oönskad korrespondens istället för skenande hästar.

Fetch hade en annan idé. "Nej, vänta, behåll brevet. Förvara det på ett säkert ställe. Vi kan behöva visa alla breven för en domare."

Anne hejdade sig på väg mot den öppna spisen och vände sig mot Fetch. "Den enda anledningen att behålla de här breven skulle vara för att bevisa din skuld i detta företag."

Fetch nickade. "Det kommer de att göra, men de kommer också att bevisa att jag inte skrev de här senaste, och... kanske kan vi använda dem mot Huntley om han försöker utpressa er."

Grevinnan flämtade till och duttade återigen ansiktet.

Fetch reste sig, en ställning han borde ha intagit hela tiden. "Jag ska hämta mer te till grevinnan."

Anne nickade.

Grevinnan ropade efter honom: "Konjak, ren."

"Ja, ers nåd."

KAPITEL 6

Nästa dag vandrade Anne av och an i sitt gästrum. Från sitt fönster kunde hon se kanten av stallet, där kuskarna bodde tillsammans med sina hästar. Hur hon än försökte var det omöjligt att se vem som kom och gick. Men det fanns folk som var på väg till något som krävde hästar, att döma av ljudet från hjul som rullade över gatstenarna och det allmänna bullret från det hållet.

Skulle folk på picknick? Varför var hon i så fall inte med tillsammans med resten av sällskapet? En jarls dotter, lämnad kvar medan andra ägnade sig åt förlustelser. Vad skulle hon göra i en sådan situation? Mamma visste inte heller vad hon skulle tro om saken, så de hade skickat sin kammarjungfru för att snappa upp skvaller och rapportera tillbaka.

Kammarjungfrun återvände, neg snabbt och sa: "Greve Dabney ber om en audiens i Gula salongen."

Mamma log brett: "Vilken tid?"

Kammarjungfrun svarade: "Så snart det passar ers nåder. Han återvänder till London omedelbart efter er audiens."

"Vad?", sa Anne och mamma i mun på varandra.

Kammarjungfrun neg igen och sa: "Jag har inga ytterligare upplysningar än så, mina damer."

I en storm av panik och spänning grep Anne sin sjal och följde efter kammarjungfrun till Gula salongen. Mamma trippade några steg bakom.

I Gula salongen fann de Dabney stående vid den svaga brasan som gav föga värme. I samma stund hon steg in i rummet bugade han sig blygsamt för att uppmärksamma henne och hennes mor.

"Ers nåd, jag tror att ni skickade efter mig?", Anne klistrade på ett leende och undrade vad som nu skulle hända. Hade han bråttom till London för att kunna ombesörja lysningen? Eller ... herregud, kanske ville han skaffa en speciallicens? Det skulle vara fantastiskt!

"Min grevinna", antydde han mot grevinnan, sedan vände han sig till Anne: "Fröken Sloane."

Vänta nu, så hade folk inte tilltalat henne sedan arvet. Alla hade kallat henne "min dam" och ibland "lady Anne". Ingen hade nämnt Sloane mer, som om det inte längre tillhörde dem. Det kändes fel, som en gammal pelisse som blivit för trång över axlarna.

"Jag reser till London omedelbart", sa han.

Anne nickade som om hon förstod, fast hon inte gjorde det, och sa automatiskt: "Ska jag ringa efter te?"

"Åh, herregud nej, det behövs inte", sa han med ett mjukt skratt.

"Återvänder ni till sällskapet efter att era affärer i London är avslutade?"

Han gjorde en min som om hon vore enfaldig. Det skar henne i märgen.

Han vred sina händer. "Herregud, ni gör det inte direkt lätt för en stackars karl, eller hur? Jag sa att jag reser till London. Omedelbart."

Fullständigt förbryllad hade Anne ingen aning om vad han ville. Skulle hon erbjuda sig att följa med honom, var det det han fiskade efter? Hon lyckades få fram: "Då önskar jag er en säker resa", i hopp om att han tydligare skulle ge tecken på vad han ville.

"En faslig skam alltihop, egentligen", sa han och sträckte sig efter sina handskar.

"Vill ni att jag ska skriva?", erbjöd Anne.

"Skriva? Varför då?" Han nickade och gick mot dörren.

Anne och hennes mor neg snabbt när han gick förbi och lämnade dem.

"Vad handlade allt det där om?", frågade mamma.

"Jag ... är helt ställd", sa Anne. "Var det något jag gjorde sedan igår?"

Mamma bet sig i underläppen och skakade på huvudet. "Kanske är vi inte de enda som får anonyma smädebrev. Låt oss hitta den här Hunter."

"Huntley", rättade Anne.

"Han också", mamma sträckte sig efter dörrhandtaget.

Precis när hon grep tag i det, knuffade Fetch upp dörren och stod på andra sidan.

"Jag ber om ursäkt", sedan såg han Anne och tillade, "Ursäkta. Huntley är i stallet och berättar för alla som vill lyssna att familjen Penges egendom är bankrutt."

"Aldrig i livet!", utropade mamma. "Hämta hit honom omedelbart."

"Jag tror inte att det anstår sig. En grevinna skulle aldrig ta emot en kusk inomhus."

Mamma förklarade: "Jag kommer sannerligen inte att underhålla honom, det kan jag lova!"

Anne kände det som om hennes huvud skulle explodera av frustration och vitglödande ilska. "Då måste du tala med honom, i stallet, få honom att ta tillbaka sitt påstående och be om ursäkt. Detta är skandalöst förtal!"

Fetch klev in i rummet och stängde dörren bakom dem, skyddade deras privatliv, samtidigt som han kroppsligen hindrade dem från att fortsätta mot stallet och deklarera sitt simpla ursprung för allt och alla. "Jag fruktar att han kanske talar sanning, mina damer."

Den höga färgen försvann från mammas kinder när verkligheten sjönk in.

Anne letade i sin hjärna efter en acceptabel och passande ursäkt för att lämna sällskapet, som fram till denna morgon hade varit så fantastiskt lyckat. "Jag måste återvända hem. Jag har blivit sjuk. Jag är ..."

Alla dörrar som hade öppnats för henne som en jarls dotter slog nu igen. Det gjorde henne döv för allt förnuftigt tänkande. "Fetch, var snäll och meddela lady Harrow att jag har en svår huvudvärk som bara kan behandlas med ... jo, en dekokt gjord av min personliga apotekare i Bath, och jag måste resa genast."

"Briljant", sa mamma, "vi låter kammarjungfrun packa våra saker och vi är borta inom en timme."

Anne höll en näsduk mot överläppen och andades in stadigt. Om hon inte hade hittat på idén om en svår huvudvärk, skulle hon snart ha en tack vare Huntley som gjorde deras liv till ett helvete. Hon och mamma satt i vagnen. Fetch körde deras hästpar mjukt men bestämt, han ville inte slita ut dem men ville komma så nära London som möjligt innan de var tvungna att byta. De bytte ytterligare två gånger för att kunna fortsätta resa och stannade bara när det var nödvändigt. Vilken skada åsamkade Huntley deras rykte just i denna stund? Hur stort försprång hade han redan?

Kanske reste han och Dabney tillsammans? I så fall var han kanske bara en timme eller så före.

"Oroa dig inte så, lilla vän", sa mamma. "Jag vet att när vi väl är hemma kommer din far att ställa allt till rätta. Detta är ett fruktansvärt missförstånd som kommer att redas ut med några skickliga förklaringar. Och vi ska ta itu med den där Huntley också. Hur vågar han svärta ner namnet Penge."

Det var snällt av mamma att säga sådana saker, men Anne kunde inte hålla sina rädda tankar i schack. Huntley må vara en skurk och en odugling, men det hindrade honom inte från att tala sanning.

De anlände mitt i natten. Med värk och ömhet efter den långa resan hem längtade Anne efter sin säng. En kyla genomsyrade det mörka huset. Hon försökte urskilja former i mörkret och lät handen följa panelen tills hon nådde dörren till sina rum. Tjänstefolket sov troligen djupt vid den här tiden, och hon hade inget verkligt behov av dem. Mamma tog med sig deras kammarjungfru till sitt rum för att hjälpa henne klä av sig för natten. Anne kände sig kapabel att klä av sig själv och vinkade bort de två, viskande hela tiden för att inte väcka någon annan.

Hon sträckte sig för att knäppa upp sina kläder och förde automatiskt händerna till framsidan. Förbaskat. Sedan hon blev en jarls dotter knöts allt i ryggen, vilket krävde en kammarjungfru. Hon skulle behöva hjälp trots allt. Eller så kunde hon sova i sina kläder, för hon var så trött att hon inte brydde sig.

Nej, om hon somnade skulle hon vara i en sådan röra på morgonen att hon verkligen skulle ha huvudvärk. Med en djup suck fann hon en vaxstapel på ett sidobord och tände den, sedan gick hon mot trappan för att hämta tillbaka en av kammarjungfruarna.

Ljud hördes från hallen. Lord George stapplade in, djupt nere i glaset, med hjälp av ett par andra män som var ännu mer berusade.

Hon ville skrika: "Vad i hela friden pågår?", men hejdade sig. Hon blåste ut sitt ljus och satte sig tyst och betraktade scenen som utspelade sig.

Hennes bror sluddrade, fullständigt redlös av drycken. Men hon uppfattade några ord. Något om silver i källaren. De andra två männen lämnade lord George på golvet och gav sig iväg i mörkret mot köket och skafferierna. George fnissade (fnissade på riktigt!) och rullade över på sidan, där han ljudligt kräktes upp det han druckit. Den fasansfulla stanken spred sig uppåt och Anne kväljdes. Hon trevade i sin ficka; näsduken med luktsalt i hörnet fanns fortfarande där. Den blockerade effektivt den värsta odören. Precis när hon undrade om George fortfarande levde, kräktes han ljudligt igen. Ljudet skulle säkert väcka hennes far.

Var var han?

Var var butlern, för den delen? Det var Simmonds, deras trogne butler som hade nycklarna till silvret och tallrikarna, mannen de hade tagit med sig till Penge House, som hade varit med dem under de tråkiga men trygga dagarna i Nettlefield.

Fotsteg hördes från sidan av huset; det måste vara männen som arbetade sig igenom rummen i jakt på silvret. Oavsett hur fasansfull scenen var, skulle de inte få vad de kom för.

Men betydde det att de skulle komma tillbaka en annan natt?

Och varför krävde de saker av lord George? Ännu viktigare, varför var han inte a) nykter och b) krävde att de skulle ge sig iväg från hans hus?

Männen kom tillbaka. Anne krympte ihop i kanten av trappan och gjorde sig så liten som möjligt. Hennes ögon hade vant sig vid mörkret, men inte så mycket att hon kunde urskilja männens drag. De hade inga hattar, men deras rockar och stövlar såg välgjorda ut. Deras tal, även om det var rått och hotfullt, tydde inte på ett liv som gatans terror. Dessa var lord Georges likar som betedde sig som tjuvar och ligister.

"Hallå!", en av dem grep George i kragen i ett försök att väcka honom. "Det finns inget kvar i silverlådan. Vi kommer tillbaka nästa vecka för att ta det du är skyldig."

Det lät som Dabney, men ... det kunde det inte vara.

Eller så var det kanske det. Kanske var det därför han hade lämnat henne så plötsligt på sällskapet – lord George hade dragit på sig så mycket skulder att han inte ville förknippas med honom, och än mindre vara gift med dårfinkens syster.

Lord George, helt omedveten om den fara han och hela hans familj nu befann sig i, fnissade som ett barn.

"Han är plakat", sa den andre och vände sig mot dörren.

Den förste tog ett steg till och halkade. Han svor högt och landade med en hård duns. Hans vän skrattade åt honom.

"Håll tyst", sa den förste. "Han spydde ner dig rejält på vägen hit."

Vid något annat tillfälle hade Anne kanske skrattat åt det vårdslösa sättet dessa hotfulla råskinn behandlade hennes bror. En ligist som halkade i en spypöl var alltid roligt.

Men herregud, de var i stora svårigheter. Inte bara

George, utan hela familjen. Och dessa råskinn sa att de skulle komma tillbaka om en vecka.

Tyst smög Anne tillbaka till sitt rum och lämnade sin bror på golvet där han låg. Tjänstefolket skulle hitta honom i gryningen och utan tvekan snygga till honom. Hon bad en tyst bön att mamma skulle sova djupt och inte veta något om sin älskade sons fruktansvärda belägenhet.

Men far behövde veta.

En slösaktig son som drack (och troligen spelade, dåligt) bort familjens förmögenhet kunde få allvarliga konsekvenser för fars politiska karriär.

På morgonen vaknade Anne fortfarande i sina resekläder. Hennes revben värkte där hon hade sovit dåligt och sömmarna hade skavt lite. Men allt sammantaget kände hon sig mycket bättre efter att ha sovit. Utan tvekan var hon i mycket bättre skick än sin bror.

På tal om honom, rättade hon till sina kläder och letade upp honom.

Där låg han, sovande på golvet nära huvuddörren, och pölen av hans spyor fanns fortfarande kvar. Usch!

Visst borde tjänstefolket ha tagit hand om honom vid det här laget? Om han inte hade viftat bort dem?

"Kära bror", sa Anne när hon närmade sig, "du måste vakna och snygga till dig."

George grymtade för att visa att han fortfarande levde (det var en lättnad) men rullade bara bort från sin pöl till ett renare område på golvet. Anne gick till köket för att hitta en kammarjungfru, eller något av köksbarnen som ofta fanns i närheten, redo att ta emot saker eller lämna leveranser.

Solen var uppe, och klockan slog kvart över – över sex, insåg Anne med ett ryck – ändå var huset tyst. Det låg en handduk av något slag nära diskhon, så hon grep den och använde den för att torka golvet nära sin bror.

"George, vad har pågått medan mamma och jag var borta?"

"Bekymra inte ditt vackra lilla huvud."

"Var är tjänstefolket?"

"Äh", var allt han fick fram.

Anne var frestad att gnugga trasan i ansiktet på honom, men tänkte sedan bättre om. Hon tog den till diskhon och letade efter en hink med vatten att hälla på den. Sedan fick hon en bättre idé. Hon tog vattnet och bar det mot George, och hällde det sedan över hans huvud.

Skrikandet!

Han satte sig upp och skrek och svor en radda ord som Anne aldrig hade hört förut.

Men han var vaken.

"Var är silvret?", krävde hon.

Trots all sin kaxighet och skrytsamhet, satt George i sina våta kläder på golvet nära ytterdörren och började gråta. "Allt är borta. Jag fortsätter att försöka vinna tillbaka det, men precis när det höll på att gå min väg vände det alltid. Jag tror de är ett gäng fuskare! Nu är allt borta och jag har dragit skam över oss alla."

"Var det Dabney du var med?"

George strök det våta håret ur ansiktet. "En av dem."

"Det förklarar hans hjärteskifte. Han bad mamma om lov att uppvakta mig på sällskapet. Sedan dissade han mig och sa att han måste återvända till London."

"Jag är ledsen, syster. Om det är till någon tröst, så har Dabney hamnat i dåligt sällskap. Du har det bättre utan honom."

"Har han också spelskulder?"

George reste sig långsamt innan han bekräftade: "Ja, och mer därtill. Han är insnärjd med någon hemsk typ som heter … Hunddah … nej … Hunter. En otrevlig typ."

"Menar du Huntley?"

"Kan vara. De fortsatte hälla i mig drinkar. Det var svårt att hänga med."

Anne suckade och tyckte synd om sin dumdristiga bror. Han var lika ny i rollen som jarlens son som hon var som jarlens dotter. "Gå upp och sov ruset av dig. Vi kommer på vad vi ska göra senare, med mamma och pappa."

Medan hans kropp försvann uppför trappan, gick Anne tillbaka till köket för att hitta var familjen förvarade silvret. Det måste finnas här någonstans. Dessutom kände hon sig hungrig och skulle gärna ta lite rostat bröd och färskt te. Ja, te skulle sitta fint.

Brasan var inte tänd. Samtidigt som hon hörde sin brors steg på väg till hans rum, lyssnade hon noga efter ljudet av några andra själar i Penge House.

Det fanns ingen i närheten.

Hade hon tappat räkningen på dagarna och glömt att

det var söndag? Men vänta nu, de gav sitt tjänstefolk eftermiddagarna ledigt, inte morgnarna.

Där fanns en låda och några skåp; det måste vara där tjänstefolket förvarade alla tallrikar. Hon öppnade den.

Tomt.

Med bultande hjärta slet hon upp lådan och fann endast två små teskedar kvar. Alla knivar, gafflar, serveringsskedar var borta. Även ostrongafflarna. Någon hade tagit hela rasket och inte märkt de två små skedarna som satt fastkilade i en springa i träet.

"Letar ni efter något?"

Anne snurrade runt och såg Fetch stå där.

"Vad är det som pågår?", krävde hon. "Någon har stulit familjens silver!"

"Jag ber ödmjukt om ursäkt, bedrägeriet var helt avsiktligt."

Anne blinkade. "Avsiktligt?"

"Innan vi åkte till sällskapet betalade jag all personal för att de skulle ge sig av. Jag ville inte att de skulle vara i fara om Huntley och hans hantlangare skulle komma på besök. Er far har i vilket fall som helst bott på sin klubb, och er bror har…"

"…dragit familjens namn i smutsen, tack vare Huntley och Dabney. De har sugit ut honom och tagit hit honom för att leta efter allt de kunde sälja."

Fetch gjorde en passande dyster min. "Huntley förberedde sig för att plundra huset i er frånvaro. Han visste att ni och grevinnan skulle vara borta eftersom … han körde er vagn till sällskapet."

Andan fastnade i Annes hals. "Han har vetat allt vi gör!"

"För det kan jag bara be om ursäkt och lägga mig i ert våld. Det var min feghet igen. Jag borde ha stått upp mot honom."

Utan att tänka sträckte Anne sig efter hans hand för att trösta honom. "Du anklagar dig själv för andras handlingar. Och du är modig; du räddade hushållspersonalen från eventuell skada. Det krävdes mod att organisera det. Du satte dig själv i fara för att rädda mig från att bli nertrampad av Huntleys hästar. Det krävdes också ett stort mod att erkänna att du var i maskopi med honom. Det krävdes också mod, att du satte din tillit och tro till mig och mamma att vi inte skulle kasta ut dig. Vilket du kunde ha antagit att vi skulle göra. Kanske hade vi gjort det om vi båda hade varit mer vana vid denna position i samhället."

"Ni är för vänlig som bryr er om mina känslor."

"Äsch … struntprat!", Anne fnissade åt sitt "modiga" utbrott.

De höll fortfarande varandras händer, vilket de båda lade märke till samtidigt. Anne fnissade nervöst igen. "Du har också besparat mamma från att se sin älskade son och arvinge ligga utslagen på golvet."

"Sannerligen. Jag ska ta hand om honom."

"Låt mig hjälpa till."

"Nej, jag borde börja städa upp i min egen röra."

Anne pressade ihop läpparna. Åtminstone hade hennes mor sovit igenom allt detta kaos. Vilken lättnad att lady Penges rum låg så avskilt från ytterdörren.

KAPITEL 7

V id mitten av eftermiddagen var tjänstefolket tillbaka på sina poster, som om inget hade hänt. Fetch strålade över hur smidigt han hade lyckats undvika Huntleys banditer medan grevinnan och lady Anne var borta, men han visste att damernas återkomst till Penge House inte skulle avskräcka Huntley från att ställa fler krav. En riklig mängd lavendel- och rosenvatten i entrén dolde den unge lordens oreda, och han sov ruset av sig i sin säng.

Greven själv hade inte återvänt, till Fetch stora förvåning. Hade det varit ett nattsammanträde i parlamentet som han inte hade hört talas om? Eller hade familjens patriark också fallit för spelhålorna?

Grevinnan och lady Anne befann sig i salongen, där den ena läste (mamma) och den andra broderade (Anne). Det fanns inget att överlämna till dem. Det var en lättnad att inte behöva överlämna ännu ett krav från Huntley, men det värkte i magen på honom att se lady Anne låtsas som att det inte bekymrade henne att hon inte hade några beundrare.

Lady Annes blick drogs ständigt mot honom, och hans mot henne. Varje gång de märkte att den andre tittade åt deras håll vände de snabbt bort huvudet.

Han lurade sig själv om han trodde att hon inte hade märkt något. Han hade då sannerligen lagt märke till henne.

"Du lämnade ju bjudningen för att åka till Bath, kom ihåg det", sa grevinnan. "Även om en kavaljer hade velat uppvakta dig skulle han inte ha skickat några brev till stadshuset."

"Jaså", sa Anne sorgset, "det hade jag glömt." Hon sydde några stygn till och lade sedan ner broderiramen med en suck. "Borde vi ha åkt till Bath i stället?"

"Nej, vi gjorde rätt i att komma hem. När greven återvänder ska vi förklara allt, och han kommer att veta vad som måste göras."

Fetch sänkte huvudet där han stod i dörröppningen. Med ett djupt andetag avbröt han damernas samtal. "Ers nåd, grevinna, jag ber om lov att få tala."

"Tala då", befallde grevinnan.

"Jag tror att tiden är kommen för mig att lämna er tjänst. Jag har dragit vanära och skam över familjen Penge genom mina dåliga förbindelser."

"Struntprat", sa grevinnan och reste sig. Hennes bok föll i golvet, och hon lät den ligga kvar. "Om det ni sa är sant, att ni är grevens rättmätige son, då har ni en korrekt förbindelse till egendomen. Stå upp mot Huntley. Och stå upp för er själv också."

Det var raka motsatsen till vad han hade förväntat sig. Och det var fullständigt ologiskt. "Men ers nåd, om vi bortser från Huntley-frågan, och om jag gör anspråk på min rättmätiga titel, skulle det kunna innebära att er make inte längre är greve, och att er son inte ärver ... och lady Annes utsikter skulle minska avsevärt."

Grevinnan skrattade. "Lady Anne kommer fortfarande att gifta sig med en greve."

"Ska jag?" sa Anne.

"Ska hon?" sa Fetch.

"Det är enkelt." Grevinnan viftade med händerna i deras riktning. "Ni är den rättmätige greven, och ni kommer att gifta er med min dotter."

Fetch tappade talförmågan.

"Men, mamma!" sa lady Anne.

"Åh, besvära er inte med era falska invändningar. Jag har sett hur ni två ser på varandra. Sluta låtsas som om detta inte är den mest underbara lösningen." Hon suckade djupt och resignerat. "Jag borde ha vetat att arvet var för bra för att vara sant. Det var roligt så länge det varade, och jag har njutit av de privilegier som kommer med att vara grevinna, men jag tror inte att unge George skulle ha klarat sig mycket längre i sitt ständiga tillstånd av berusning."

Fetch kunde fortfarande inte komma på en enda sak att säga, så chockad var han. Och chockerna fortsatte att komma.

Grevinnan placerade Fetchs hand i Annes och bad dem sitta tillsammans på schäslongen. "Den verkliga frågan är hur vi ska berätta nyheten för min make när han kommer tillbaka från klubben. Jag tror att han har njutit ganska mycket av parlamentslivet och allt som följer med det."

KAPITEL 8

Anne och Fetch – Frederick Tarrington – var förlovade, men det skulle inte bli officiellt förrän de först hade bett pappa om lov och sedan förklarat de ganska extraordinära omständigheter som de nu befann sig i.

Tyvärr var det inte så enkelt som att bara tala med pappa, för när han kom hem drabbades de av en ny olycka.

När pappa kom hem fick Anne bevittna ett riktigt drama som utspelade sig i hallen.

Mamma höll en näsduk för ögat, men om den blev det minsta fuktig kunde man bara gissa. "Min käre make", artikulerade hon tydligt, vilket måste ha varit för Annes skull. Och Fetchs. Var han nu än var. "Det är mer än jag kan uthärda. Om vi inte ska bli accepterade i societeten, hur ska vi då kunna fortsätta?"

Från sitt gömställe vid trappan kunde Anne inte tro sina öron. Hon hade hört att societeten kunde "frysa ut" någon, men hade ännu inte övervägt tanken att en hel familj kunde utsättas för ett sådant straff.

Så snabbt och hårt.

Och så permanent!

Pappa, som inte visste någonting om mammas undanflykter, behandlade det hela som äkta. "Min älskling, om jag hade vetat om denna fadäs hade jag kunnat förhindra den." Han skakade på huvudet och pressade samman läpparna, och blickade sedan mot taket i en bön. "Min karriär är i ruiner nästan innan den har börjat. Till den grad att jag inte kan återuppta min plats i överhuset nu när Damoklessvärdet hänger över min plats."

Det där lät lite väl dramatiskt i Annes öron, men hon var tvungen att anta att hennes far verkligen hade försatt familjen i en svår situation. Eller åtminstone trodde han att han hade gjort det.

Pappas axlar sjönk ihop. "Hur skulle jag kunna veta att herrklubben som startats av politiker skulle förbjuda politiska diskussioner?"

Vad? Anne slog handen för munnen för att inte hosta till och avslöja var hon var. Förbjöd Whigamore Club politiska samtal? Så fullständigt bisarrt.

Men det var förmodligen sant. Denna nya societet som familjen hade kastats in i hade en svindlande uppsjö av regler och förväntningar. Ett övertramp, oavsett hur oavsiktligt, kunde förstöra en hel familj.

Och det var innan någon fick reda på hennes brors spelande.

Mamma lugnade pappa. "Jag är säker på att allt

kommer att ordna sig. Vi återvänder till Nettlefield och stannar över jul. Till våren kommer allt att vara glömt."

Pappa skakade på huvudet igen. "Vi kan inte återvända. Jag sålde godset för att finansiera vår flytt till London."

"Jag förstår", mamma sög säkert eftertänksamt på insidan av kinden, det var Anne säker på. "Och själva grevskapet då? Vilka ytterligare medel kan vi få från det?"

"Vad menar du med 'ytterligare medel'?"

Ett skarpt andetag hördes. Troligen mammas.

Åh, herregud, detta hade gått från ett skådespel till ett mycket verkligt drama. Hade de verkligen inga pengar alls?

"Och Annes hemgift då?" frågade mamma.

"Borta", bekräftade pappa.

Illamåendet vällde upp inom Anne. Detta verkade alltför verkligt. Hade Dabney vetat att det inte fanns någon hemgift? Kanske var det därför han hade lämnat herrgårdsfesten så snabbt.

Detta var alltigenom fasansfullt. Allt rasade samman så snabbt.

Ljudet av hovslag antydde att en häst återvände till stallet på baksidan av huset. Det följdes av ett obegripligt mummel.

"Lord George måste ha kommit hem", sa mamma.

"Överlåt honom åt mig", sa pappa och gick ut på den kullerstensbelagda innergården till ljudet av mammas protester.

Anne reste sig från sin plats. Hon hade suttit så länge att hennes lemmar inte lydde så snabbt som hon behövde.

"Jag antar att du hörde allt det där?" frågade mamma

när hon närmade sig. "Sitt kvar där du är, kära du, jag sällar mig till dig. Denna vrå är verkligen en bekväm plats för att tjuvlyssna på dåliga nyheter."

Detta bekräftade att mamma hade vetat att hon suttit här hela tiden. Anne pressade handflatorna mot kjolarna och frågade: "Jag antar att du trodde att vi hade Nettlefield att återvända till?"

Mamma nickade och omfamnade Anne, hennes kropp skakade när båda kvinnorna försökte att inte gråta. "Det har blivit mer komplicerat än vad till och med jag kunde föreställa mig. Jag hörde genom mina nätverk att din far hade dragit ner oss i smutsen, men inte så här illa. Jag låtsades inte häromdagen när jag sa att jag hade njutit av att vara grevinna. Men nu bryr jag mig inte om det. Det är för mycket. Jag trodde att vi skulle kunna återvända till vårt gamla liv och fortsätta som vanligt, men även det kommer att förvägras oss."

"Allt kommer att ordna sig", sa Anne, utan att tro ett ord av det, men kände att hon behövde ge sin mor någon tröst. Men vad kunde hon verkligen erbjuda? Far hade sålt deras gamla familjehem för att finansiera deras nya liv, och hennes bror hade spelat bort allt. Det verkade verkligen inte finnas någon tydlig väg ut ur den här röran.

Far och son kom in i huset. Mamma och Anne tryckte sig mot väggen för att hålla sig utom synhåll när männen gick in i salongen och stängde dörren bakom sig.

Mamma grät nu äkta tårar och snyftade högljutt. "Jag kan bara hoppas att lord George har fått några inflytelserika vänner i sin nya umgängeskrets, och att vi ändå kommer att kunna säkra ett passande äktenskap för dig."

Ljudet av krossat glas från salongen varslade om ett skrikgräl. Far och son talade inte vänligt med varandra.

Mamma och Anne kröp ner i skuggorna och höll i varandra som om livet hängde på det.

En dörr slogs igen från nedervåningen.

Pappa höll i trappstolpen längst ner i trappan, med foten på det första steget. Hade han sett dem?

"Åh, Gud i himlen!" ropade pappa och skakade stolpen som om träpelaren var hans son och han verkligen kunde skaka lite förnuft i slösaren.

Mamma lösgjorde sig försiktigt från Anne och gick för att trösta honom. "Make, misströsta inte. Allt kommer att ordna sig. Vi vilar i natt och tänker med klara huvuden i morgon."

"Det är över, hustru. Allt är över. Vi är ruinerade."

Anne drog efter andan.

Mamma tog pappa i sina armar och ledde bort honom, möjligen till köket där de kunde hitta något för att lugna nerverna.

Anne satt ensam med sina snurrande tankar. Innan familjens lycka hade vänt så drastiskt hade hon bara hoppats att hennes framtida äktenskap skulle kunna bli med en gentleman med vissa tillgångar. Hon skulle arbeta hårt och bilda en egen familj, någonstans i Nettlefield.

Allt var så konstigt och farligt nu. De var föremål för skvaller och spekulationer, och hur mycket hennes mor än godkände hennes äktenskap med Fet... Frederick, kunde till och med det vara uteslutet om de hade skadat namnet så illa.

Hon var självisk som bara tänkte på sin egen potentiella framtid. Men allas deras liv hade förändrats. Politiken trängde sig på där den tidigare inte hade gjort det. En värld av intriger och ränksmideri för hennes far. Spelhålorna för hennes bror, som aldrig hade satsat mer än en lott i ett lotteri.

De välkomnades in i societeten som om de alltid hade hört hemma där, men erfarenheten hade visat att de aldrig skulle kunna passa in. De välkomnades bara för att kunna utnyttjas.

Så mycket som de ansågs tillhöra societeten, ville den societet de rörde sig i verkligen inte ha dem. Så väldigt naivt av Anne att tro att en societet som satte upp så strikta barriärer för inträde plötsligt skulle sänka dem bara för att de ärvt en titel.

Det fanns tillhörighet, och så fanns det Tillhörighet.

Efter att ha övergett sitt lantställe, platsen där hennes fars förfäder hade levt, lärt och älskat i århundraden, kunde de nu inte återvända.

Men att stanna kvar i London, att axla allt som krävdes av en earl och hans familj, krävde tillgång till medel som uppenbarligen alla var borta.

Någon dök upp bredvid Anne. "Te?"

Det var Fetch, med en bricka.

Visste alla om hennes hemliga lyssnarplats?

Med ett glädjelöst skratt sa Anne: "Det beror på vad som är i det."

"Det är te i det."

"Tack, Frederick. Jag antar att du har hört allt?"

"Ja, det är en öppen hemlighet i hushållet nu. Kocken har redan packat sina väskor och lämnat ett meddelande till i morgon bitti."

"Vi har ställt till en förfärlig röra, eller hur?" erkände Anne. "Om vi hade hälften av ditt förnuft skulle vi ha insett att vi aldrig var riktigt välkomna i societeten. Vi var kuriositeter. En ny växt från österlandet att beundra, som blåregn. Jag tror att min roll var något i stil med den klängväxten. Bara dekorativ; att blomma när det krävdes och när den blomman vissnade, acceptera den hårda beskärningen."

"Var inte så hård. Du gjorde inget fel. Du blommade."

Anne viftade bort komplimangen. "Du måste berätta för pappa att du är den sanne earlen. Det är den enda vägen ut ur det här." Hon smuttade på sitt te. Det skulle förmodligen vara sista gången han gav henne en kopp; lika bra att njuta av den. "På så sätt är åtminstone namnet Penge säkert från ytterligare skandal."

"Jag måste göra mer än så", sa han och satte sig på huk bredvid henne i deras gömställe. "Jag måste samla tillräckligt med mod för att fråga honom om jag får gifta mig med hans dotter."

"Är du allvarlig?"

"Det är jag. Detta är svaret på alla våra problem. Vi borde gifta oss. Det återställer titeln till den rätta släktlinjen, era barn kommer att vara direkta ättlingar till min far, det är rimligt att anta att våra barn kommer att accepteras, och ni kommer inte att bli utstött."

Anne hostade till av teet. Så oelegant! "Men varför?"

"Jag trodde det var uppenbart. Det är den bästa lösningen för alla."

"Jaha."

"Jaha?"

Hur skulle hon förklara sina känslor? Hon ville inte vara en lösning på någonting. Hon ville ... åh, herregud ... hon ville bli önskad. Hon ville bli älskad. Nu när familjen hade sjunkit så lågt, löstes hennes önskningar om ett kärleksäktenskap upp som flytande honung i hett te.

"Jag är ledsen. Jag borde vara mer uppskattande för det otroligt generösa erbjudandet. Allt detta är en sådan chock. Jag trodde vårt enda problem var att George spelade bort vår förmögenhet." Sedan insåg hon att hon inte hade kallat honom "lord George" heller, och ärligt talat var det något av en lättnad, eftersom han hade betett sig högst olordligt ända sedan hederstiteln hade landat på hans axlar.

"Och er far har också skämt ut sig."

Aj.

Anne suckade. "Även med en vanärad far och bror, vill du fortfarande gifta dig med mig?"

"Verkligen." Han höll hennes fria hand varsamt och kysste hennes handflata.

Spelade det någon roll att han inte älskade henne? De skulle gifta sig ändå. Kanske kunde han lära sig att älska henne? Det var ju vad som uppenbarligen hände i de flesta fall ändå. Hon tog ett djupt andetag och tackade honom för teet. "Finns det något jag kan hämta åt er, mylord?"

Fetch log sorgset och tog hennes hand i sin. "Önska mig lycka till?"

Anne log och sa: "Det behöver du inte, men jag önskar dig all lycka i världen. Du var den rättmätige earlen från första början. Du borde ha insisterat på att domstolarna erkände dig."

Han log finurligt och skakade på huvudet. "Om det fanns någon verklig rättvisa i den här världen, skulle min far aldrig ha förskjutit min mor och mig från första början. Jag visste inte om mitt arv förrän det var för sent. Min plan, hur desperat den än var, var att fjäska in mig i familjen så att jag kunde få en fullständig redogörelse över egendomen, och vad, om något, det fanns att ärva. Att bli hopplöst förälskad i den nye earlens dotter var aldrig en del av den. Om något är allt detta ditt fel för att du är så förtrollande."

Vänta ... hade hon hört rätt? "Vad sa du?"

"Att du är förtrollande?"

"Nej, före det."

"Ah, delen om att bli hopplöst förälskad?"

"Ja, den."

Fetch harklade sig mjukt. "Det är sant. Jag har blivit hopplöst förälskad. Hur kunde du inte veta?"

"Du sa aldrig något."

Fetch lade huvudet på sned. "När skulle jag ha kunnat det? En simpel betjänt, som blir förälskad i en earls dotter, som råkar vara min syssling. Eller kanske fyrmänning, jag är inte helt säker på den saken."

"Jag tycker du ska kyssa mig nu, mylord, för att visa att dina handlingar betyder mer än bara ord."

"Med glädje." Han höll varsamt hennes ansikte i sina händer och pressade sina läppar mot hennes.

Gnistor sköt bakom hennes ögon vid den sublima kontakten. Han justerade sin ställning och kysste henne igen. En mjuk suck undslapp hennes läppar och han kysste den tyst, som om han absorberade hennes känslor i sig.

"Vi har ett annat problem, mylord. Huntley är fortfarande en nagel i ögat på oss, och busarna som körde hem min bror och letade efter silvret kommer att vara tillbaka inom en vecka. Vad gör vi åt det?"

Fetch tog ett djupt andetag. "För bara några månader sedan skulle jag ha sagt att vi alla borde fly. Det är fortfarande mitt föredragna alternativ, för att hålla dig och din familj säkra. Men om vi inte står upp mot Huntley och hans gäng, fruktar jag verkligen att vi aldrig kommer att bli fria från dem."

Driften att fly var stark även hos Anne. Hon hade sett vad Huntley var kapabel till – han hade nästan kört på henne på gatan – och hon hade också sett hur hennes brors "vänner" hade behandlat George. "Kan vi inte åtminstone skicka iväg mamma och pappa?"

"Ja, det blir ett bra första steg. Sedan ska vi uppsöka er bror och göra en plan för att hantera den här röran en gång för alla."

KAPITEL 9

Mötet med Annes mamma och pappa utmynnade i handskakningar, kindpussar och några tårar av tacksamhet. Att be om Annes hand var lättare än vad Frederick hade trott var möjligt. Han undrade om det berodde på deras snabba lyckovändning eller om hennes far verkligen godkände det. Det fanns ingen tid att fundera över saken, den verkligt svåra delen var att övertyga hennes föräldrar att resa till Brighton – för att vara ur vägen när Huntleys hejdukar kom tillbaka.

"Varför Brighton?", frågade Annes far.

"Varför inte?", föreslog Anne. "Det finns så många platser att besöka, och jag har hört att de John Nash-ritade byggnaderna är ett av den moderna världens underverk."

"Jag är tacksam och glad att du önskar gifta dig med flickan", sa hennes far, "men att skicka iväg oss verkar onödigt förhastat. Jag kanske inte rör mig i samma kretsar som förr, men jag tror inte att det är så man gör, inte innan ni faktiskt är gifta."

Verkligheten slog Frederick som ett slag i magen. Det fanns inget sätt att få iväg dem innan de var lagligt vigda, vilket han hade all avsikt att bli, men skurkarna skulle vara här inom några dagar.

"Då ska jag skaffa ett särskilt tillstånd och vi gifter oss i morgon, om det passar er?"

Det var det enda sättet att få dem att gå med på att lämna Penge House, och för att vara rättvis borde han ha tänkt på det tidigare.

En blixtsnabb uppvaktning och ett förhastat bröllop senare, och två dagar därefter vinkade Frederick och hans vackra brud av makarna Sloane till Brighton.

"Nu måste jag se till min bror", sa den nyblivna lady Anne, nu grevinnan av Penge, när hon gick in i huset.

"Han är inte där inne", sa Frederick och kände det som om han hade uppnått mer den senaste veckan än under hela sitt liv fram till nu.

"Säg inte att han är på någon spelhåla?"

"Din bror slickar just nu sina sår medan han seglar till Liverpool. Jag har ordnat passage för honom till New York; det är upp till honom om han tar den. Om han har ett uns förnuft i kroppen kommer han att göra det."

Dysterhet sänkte sig över Anne. "Det är lika troligt att

han drar på sig en feber på skeppet, eller förlorar de slantar han har kvar på kortspel innan han ens når land."

"Om han gör det så är det hans problem att lösa. Jag har gjort allt jag kan för att betala hans skulder i Storbritannien; vad han än drar på sig från och med nu är hans eget bekymmer."

"Jag kan inte tacka dig nog, och ändå känner jag mig så hjärtlös som överger honom så här." Anne kunde inte gå med på att stöta bort George så känslokallt. Det kastade en skugga över deras äktenskap innan det ens hade börjat. "Han är min bror, och jag älskar honom innerligt. Det är inte hans fel att han är usel på ekonomi; han fick aldrig chansen att lära sig hur man gör."

"Det har inte din far heller."

Anne kände kommentaren som ett slag. "Det var hårt."

"Och sant. Om det gör någon skillnad så tvivlar jag på att din bror skulle vara bättre på kort om han hade vuxit upp som en greves son från vaggan. Jag är också usel på kort, men har undvikit alla sådana förvecklingar. Kanske är det också därför jag aldrig har kunnat passa in."

"Det här är en sådan röra", höll Anne med. Sedan såg hon på sin makes sorgsna ansikte. De var nygifta; de borde vara lyckliga. "Snälla, förstå mig rätt, jag är så fruktansvärt tacksam för allt du har gjort, men samtidigt känner jag mig så eländig …"

"Jag hade hoppats att mina ansträngningar skulle ha gjort dig lycklig."

"Det har de", bekräftade Anne. "Jag är så lättad över att du har ställt allt till rätta. Men samtidigt är min själ så tungt belastad. Hur kan vi vara lyckliga tillsammans när vår historia är så sammanflätad med elände?"

"Är det vad du oroar dig för, min älskling?" Frederick tog hennes hand och kysste mjukt hennes knogar. "Gungflyn som vårt är till för att överlevas, och vi har överlevt. Se så starka vi båda är."

"Jag känner mig inte stark", sa Anne och såg nedslagen ut. "Vad händer nu? Väntar vi tills Huntley och hans gäng stormar in hos oss?"

"Vi har fortfarande en dag på oss tills det händer." En rosig glöd spred sig på hans kinder. "Jag kan inte föreställa mig vad vi skulle kunna hitta på under tiden."

Mitt i natten väcktes Anne och Frederick av ljud utifrån. Det måste vara Huntley, tänkte hon, medan hennes ögon vande sig vid mörkret.

För att vara en tjuv och en skurk förde han mycket oväsen.

De klädde sig snabbt och tog sig till Annes plats på trappavsatsen. Frederick höll henne tätt intill sig och kysste henne sedan passionerat. Han viskade: "Allt kommer att gå bra; vi kommer snart att vara fria från det här."

Han var verkligen modig, trots att han påstod motsatsen.

Sedan sa han: "Stanna här."

Anne försäkrade honom: "Jag ska vara tyst som i graven."

Han ryggade till.

Jaha, det var nog inte den liknelsen de behövde just nu. "Förlåt, min älskling."

Frederick nickade, kysste henne en gång till och gick sedan nerför trappan till grevens kontor. Planen var att han skulle vänta där tills Huntley dök upp, och sedan "ta hand om honom" på något sätt. Anne hade ingen aning om vad han menade, men han hade varit så självsäker när han förklarade det för henne tidigare under dagen att det måste fungera.

Ett gult sken syntes i hallen, vilket indikerade att Frederick hade tänt ett ljus vid skrivbordet.

Anne bad: "Snälla, låt det här fungera, snälla, låt det här fungera." Hon fokuserade på ljud, eftersom det skulle vara omöjligt att se något om hon inte lutade sig längre över trappräcket – och det skulle avslöja hennes position.

Steg hördes i den bakre hallen när busarna kom in i Penge House från baksidan.

Alldeles för många steg. Huntley var inte ensam! Hur skulle hon kunna varna Frederick för denna utveckling?

Fler röster, män som grälade med dämpade röster. Tunga stövlar började gå uppför trappan, medan de muttrade svordomar!

Han lät misstänkt lik-

"Anne!" Mannen viskade chockat. "Vad i hela friden-?"

Hon väste med dämpad röst: "Tyst, George! Du förstör allt!" Vad i himlens namn gjorde hennes bror här?

"Vad är det som dröjer?", ropade en man nerifrån.

Anne, stel av skräck, sa ingenting.

George återhämtade sig och fortsatte gå, rakt förbi

henne medan han ropade tillbaka: "Bara ett ruttet trappsteg, Huntley, hela stället håller på att falla samman över oss!" Sedan tillade han med en sarkastisk ton: "Varsågod och ta för dig!"

Trots att det var mörkt knep Anne ihop ögonen hårt. Med de få orden hade George förklarat allt för henne – och för alla andra som kunde tänkas vara i huset. Med lite tur hade Frederick också hört konversationen. Det var verkligen Huntley som hade kommit in, och George var på väg att ge honom lagfarten till egendomen!

De var ännu mer illa ute än hon hade insett.

Var Georges skulder verkligen så stora att han hade spelat bort deras familjehem? Förra julen hade de fått det mest otroliga arvet, och allt skulle vara borta innan nästa!

Att skicka iväg mamma och pappa hade verkligen varit en utmärkt plan – en plan som hon innerligt hoppades åtminstone hade förverkligats och att de nu kopplade av i den staden, helt omedvetna om händelserna här. Hennes bror var uppenbarligen inte på väg till Liverpool. Han var just nu på väg nerför trappan igen, med ett vikt ark pergament i handen. Lagfarten till Penge House!

Huntley började gå upp mot honom, varje steg förde honom närmare Anne.

Om hon sa något skulle hon avslöja sin position. I desperation sköt hon ut foten precis när George klev förbi. Den träffade hans stövel och fick honom att störta nerför de sista trappstegen. George skrek till när han snubblade. Huntley skrek till när George landade i hans armar och slog omkull båda männen nerför trappan.

Ett sjukligt knak fyllde hallen. Någons huvud måste ha slagit i golvet. Men vems?

I mörkret kikade Anne över kanten på sitt gömställe och såg konturerna av de två männen, som låg i en hög vid foten av trappan.

En tredje man stod i närheten och höll i ett cricketträ. Borde hon ropa? Tänk om han var en annan inkräktare och inte Frederick?

Då talade mannen med cricketträt: "Anne, är du skadad?"

Hennes hjärta fylldes av lättnad, även i mörkret. "Jag mår bra, älskling. Är George okej?"

"Va? Är en av dem George?"

"Ja, och den andra är Huntley."

Frederick svor så att det sved i Annes öron. "Jag svingade slagträt och hoppades bara att träffa. Det var inte meningen att skada din bror."

Georges dämpade röst kraxade: "Lite hjälp?"

Anne klev fram från sitt gömställe, tog de sista stegen och kastade sig ner till sin bror, som verkade vara fastklämd under Huntley. "Är allt bra med dig, bror?"

"Du fällde mig!", anklagade han.

"Ja, jag var desperat att hindra dig från att ge bort huset."

"Jag höll inte på att ge bort huset. Jag skulle ge honom en förfalskning. Han skulle inte ha upptäckt knepet förrän senare. Jag fäste till och med några band och vax för att få det att se bra ut."

Frederick lutade cricketträt mot väggen och hjälpte till att flytta Huntley från sin svåger.

George kände efter om något var brutet och fann att han bara var otroligt mörbultad, men i övrigt oskadd. "Hallå, varför kallade du betjänten för 'älskling'?"

"Frederick och jag är gifta nu", sa Anne när hon ledde sin bror och make in i köket där de kunde tända några ljus och undersöka skadorna närmare.

"Jag har hållit mig borta från starkspriten i en vecka och jag måste fortfarande vara från vettet", sa George. "Du gifte dig med vår betjänt?"

"Det gjorde hon", sa Frederick och sträckte fram handen för att skaka Georges. "Vi har en hel del nyheter att berätta för dig, men först måste vi göra något åt Huntley."

"Ja, det måste ni", sa Huntley, lutad mot dörrkarmen. I ena handen höll han en pistol, med den andra gnuggade han sig i bakhuvudet.

Anne, George och Frederick stelnade till.

KAPITEL 10

Frederick höll blicken fäst på Huntley, samtidigt som han långsamt ställde sig framför sin hustru sedan knappt ett dygn. "Ni behöver inte göra det här, min gode man", sa han i ett försök att tala honom till rätta.

Frederick hade lämnat det tända ljuset i arbetsrummet för att locka in Huntley dit, där han hade väntat med slagträt. Men Huntley måste ha sett det tomma skrivbordet och inte gått in. Så Frederick hade följt ljudet av fotsteg och väntat i skuggorna för att svinga mot honom.

Efter knaket och dunsen hade han trott att allt var över, och dumt nog hade han lutat slagträt mot väggen eftersom han trott att han hade slagit mannen medvetslös. Det där slagträt var deras enda vapen, och det var nu långt utom räckhåll, bakom Huntley med hans pistol.

Det var svårt att avgöra, men i skenet från stearinljuset fanns det ett slags blekt skimmer kring deras angripare. Huntley tog bort handen från huvudet och visade en stor mängd blod över hela handflatan. Mannen muttrade: "Det var därför det kändes varmt."

Frederick tog chansen att lugna ner honom. "Ni verkar blöda ymnigt. Låt mig hjälpa er med ert sår." Han tog ett steg närmare och hoppades innerligt att Anne och George skulle kunna vara förnuftiga och hålla sig långt bak i köket. Han vågade dock inte ta blicken från Huntley, så han kunde inte vara säker.

"Stanna där ni är", beordrade Huntley. "Inga plötsliga rörelser."

Med hjärtat bultande av rädsla var Frederick tacksam för att skurken inte hade avfyrat vapnet. Om han fortsatte att prata med honom skulle han kunna förhindra det helt och hållet. Hålla Huntley distraherad, hålla hans fokus. Anne och George kunde fly via varuluckan. "Vi ska alla göra precis som ni säger. Men varför tar vi inte hand om ert sår först?"

"Ni slog mig med ett jävla crickettärä!" anklagade Huntley. Han riktade vapnet mot Fredericks bröst. "Vem kunde ana att lille Fetch hade det i sig. Men nu måste jag döda er. Inte bara för smällen, utan för er fullständiga illojalitet! Jag ska hitta var ni har gömt det riktiga silvret. Och köpekontraktet är inte värt papperet det är skrivet på. Världens sämsta spelare, lord George."

Fan, Huntley hade listat ut det.

En kvinnoröst hördes: "Han är inte längre en lord."

Vad gjorde Anne fortfarande här inne?

"Är jag inte?" Det var Georges röst.

Var han också kvar? Hade ingen av dem ett uns förnuft?

Frederick vände sig om och såg att de båda stod kvar på exakt samma ställe. "Varför har ni inte flytt bakvägen?"

George såg fullständigt förbryllad ut. "Varför är jag inte en lord längre? Vad har hänt med familjetiteln?"

"Den är borta", avbröt Anne. "Allt är borta. Allt säljs för att betala de skulder du har dragit på dig. Pappas också."

Det sista tillägget var en nyhet för Frederick.

George verkade inte kunna ta in informationen. Med en skakning på huvudet frågade han: "Hade pappa skulder?"

Annes ansikte antog en rasande nyans. "Ja, fruktansvärda skulder. De kastade ut honom från klubben och inledde rättsliga åtgärder mot honom. Han har förlorat sin plats i överhuset och allting. Jag har skickat tillbaka dem till Nettlefield tills allt har lugnat ner sig. Jag sa ju att det fanns mycket att komma ikapp med. Det är detta man missar när man är medvetslös av sprit-"

"HÅLL TYST!" vrålade Huntley och tog ett steg framåt.

I desperation kastade sig Frederick i Huntleys väg. Många saker hände på en gång. Frederick halkade på golvet när han försökte få tag i pistolen och missade. Pistolen gick av och träffade något metalliskt och ekade genom köket. Både George och Anne skrek. Huntley föll över Frederick och dråsade i golvet som en säck potatis.

När dånet ebbat ut frågade Annes tysta röst: "Är någon skadad?"

"Jag tror att jag är oskadd", medgav Frederick. Nu när pistolen hade avfyrats var den inte längre lika farlig. Han drog den ur Huntleys hand och kastade den tvärs över golvet till andra sidan av köket. Sedan gick han fram till Anne och höll ömt om sin hustru och sökte efter sår på hennes kropp. "Är du säker på att du är oskadd, min älskade?"

"Jag är", började hon och brast plötsligt i gråt. "Jag älskar dig så mycket. Jag trodde jag skulle förlora dig och ... och ... du var så otroligt modig och ..." hon avslutade inte meningen då hon gav efter för gråten.

George harklade sig. "Jag är också oskadd."

Anne torkade bort tårarna och hennes skratt fyllde rummet. Så skönt det var att höra henne skratta igen, efter så mycket fara.

"Bäst jag kollar att Huntley är utslagen på riktigt den här gången", sa han och kysste Anne igen innan han gick tillbaka för att se till sin ärkefiende.

George var redan där. "Han är inte bara utslagen, jag tror inte att han någonsin kommer att resa sig igen."

Han gick till arbetsrummet och tog ljuset för att kunna undersöka närmare. I det gula skenet såg Huntleys hud sjukligt blek ut. Bakom honom låg ett tjockt spår av vått mörker på golvet och en stor pöl vid foten av trappan.

George reste sig och rättade till sin kavaj. "Behöver vi ringa myndigheterna eller något?"

"Ja, ja det måste vi", instämde Frederick. Huntley må ha varit en fiende, men han förtjänade värdighet. Eller var det hans egen skuld över att vara ansvarig för en persons död som tänkte åt honom? "Låt oss ordna det."

Anne var i hallen och ropade tillbaka till dem. "Var är trappstolpen?"

"Vadå för något?" frågade George när han och Fetch kom ut i hallen.

"Där är den, längre ner i hallen", sa Anne och pekade in i husets mörka skrymslen. "Hur har den lossnat?"

"Jag måste ha slagit i den när jag föll på honom", sa George.

"Vänta", sa Frederick. Han hade ljuset och gick bort dit han hade lämnat cricketträt. Det fanns ett tydligt körsbärs- rött märke på pilträt. I det svaga ljuset kunde det misstas för blod, men det var närmare bränd umbra än rött och liknade i tonen resten av träet på balustraden. "Missade jag hans huvud och slog av trappstolpen istället?"

Slagträt hade träffat något hårt. Han hade trott att det var Huntleys huvud. Under några hemska ögonblick när han först hade använt det hade han oroat sig för att han hade träffat George av misstag. Det hade varit mörkt, och allt hade hänt på en gång.

"Du dödade honom trots allt inte", sa Anne. "Han föll och slog i sitt eget huvud."

"Alltså, jag föll på honom", sa George. "Ge mig äran för det åtminstone, snälla."

"Jag fällde dig från första början", retades Anne. "Jag vill ha ett erkännande för min del i hans fall."

"Syskonrivalitet åsido", sa Frederick, "verkar det finnas en hel del blod. Hur är det möjligt från ett platt fall?"

Ingen hade några svar. Anne hämtade flera ljuslampor till hallen för att lysa upp mer. Den låga fållen på hennes kjol fastnade i något på golvet, vilket orsakade ett hörbart rivljud.

"Vad är det där?" frågade Fetch och böjde sig ner mot golvet med ett ljus för att titta närmare – men var också noga med att inte sätta eld på sin frus kläder. "Herregud! Titta på det här."

Det fanns en springa i golvet. I mörkret var den inte lätt att se. Fastkilad i den, med vassa spetsar som stack uppåt, satt en tunn silvergaffel.

"Hur hamnade den där?" frågade George.

"Du måste ha tappat den när du stal familjesilvret", svarade Anne.

"Hur den än hamnade där så får jag känslan av att Huntley var anledningen till att den överhuvudtaget var där, och inte säkert räknad och inlåst med resten av silvret. Antingen tog en av hans ligister en handfull och tappade en i brådskan att råna stället, eller..."

Anne ställde ner sina återstående ljus och tog Fredericks hand i sin. Den enda saken i hans liv som hade gått helt rätt.

Annes ton lugnade honom. "Det var inte ditt fel. Det var en olyckshändelse. Du dödade ingen."

"Men jag slog honom med-"

"Nej!" Anne höll upp sin handflata för att tysta honom. "Du halshögg balustraden, inte busen."

"Det verkar vara en hel del otur", sa George och småskrattade i ljusskenet. "Den enda gången min otur har visat sig vara användbar."

"Det är inget att skratta åt", sa Frederick, plågad av skuld. "En man har dött här, och det är jag som är orsaken."

"Men, min älskling-" började Anne.

"Blidka mig inte. Om jag inte hade varit en sådan fegis

från första början skulle jag ha stått upp mot min far, och inget av detta skulle ha hänt." Allt var hans fel, det var han helt säker på.

Annes ton tålde inga invändningar. "Det betyder att vi aldrig skulle ha träffats. Om det inte vore för Huntley skulle du inte ha visat ditt mod och räddat mitt liv från de skenande hästarna."

George avbröt. "Vad är det här om hästar?"

Anne skrattade. "Käre bror, vi har en hel del att komma ikapp med."

Stönande ljud kom från köket, vilket överraskade dem alla. Den formlösa klumpen på golvet var på fötter och lutade sig mot dörröppningen för stöd. "Ledsen att jag stör."

Frederick flämtade till vid åsynen av Huntley, stor som i verkligheten. Han levde! De hade inte dödat honom! Trots det ställde han sig mellan Anne och den klumpige mannen för att skydda sin käraste.

Huntley sa: "Jag har ont i huvudet. Va pågår?"

George tillade: "Välkommen i klubben."

EPILOGUE

DECEMBER 1819

Den kalla vinden ven genom de kala träden utanför Penge House.

Innanför prydde gröna kvistar av järnek och mistel väggarna och dörröppningarna.

Doften av glögg fyllde rummen.

Anne log för sig själv medan den varma elden sprakade i den öppna spisen. Godset surrade av folk som kom och gick. Några anlände för te, andra klädde på sig varmt och var på väg ut efter lunchen. Hon stod vid skänken, där bokningsliggaren låg uppslagen på en sida full av handskrivna namn och antalet gäster för varje bord.

Mamma spelade piano medan pappa sjöng. En ovanlig kombination som andra supéklubbar inte erbjöd. Och mycket mer ekonomiskt än att hyra en orkester. George underhöll ogifta herrar med portvin och cigarrer i pappas gamla kontor. När Frederick gick förbi kastade han ett snabbt öga på det som pågick.

"Inget spel?" frågade Anne.

"Åh, de spelar allt", sa Frederick. "Men det gör inte George, så vi borde inte förlora alltför mycket."

"Var snäll och håll ..."

"... ett öga på honom? Självklart." Frederick kom närmare Anne och drog henne sedan intill sig i en omfamning.

De kysstes snabbt och varmt, för att inte uppröra gästerna med sina offentliga ömhetsbetygelser. Det var så svårt att hålla händerna ifrån varandra.

De behövde inte oroa sig för att kyssen skulle bli för lång, då några tunga fotsteg hördes från den bakre delen av salen.

Det var Huntley, som bar på en famnfull torr ved och ett brett leende.

"Mycket bra, min gode man. Var vänlig och stapla den bredvid brasan", sa Anne.

"Det finns tillräckligt där för att klara oss till nästa års jul", sa Frederick.

Anne höll med. "Jag vet, men det får honom att känna sig nyttig."

"Han är mycket blidare mot hästarna nuförtiden också", sa Frederick.

De stal ännu en kyss innan de åter vände sin uppmärksamhet mot gästerna.

"God jul, min älskade", sa Frederick.

Anne kysste honom igen med all den kärlek hon hade inom sig och sa: "God jul, ers nåd."

OM EBONY OATEN

Ebony Oaten älskar historia men vill inte leva mitt i den.

Hon är särskilt glad att hon inte levde under regencyperioden, eftersom hon med största sannolikhet hade dött i späd ålder av astma, eller något så hemskt som difteri. Om hon mot förmodan hade överlevt till vuxen ålder hade hon antagligen blivit diskerska eller en simpel piga, eftersom hon "pratade för mycket och var ouppmärksam" då ADHD-diagnoser ännu inte hade uppfunnits.

OM FÖRFATTAREN

Ebony Oaten skriver historiska kärleksromaner med garanterat lyckligt slut.

Hon är särskilt glad att hon inte levde under Regency-epoken, då hon med största sannolikhet skulle ha dött som spädbarn av astma, eller något hemskt som difteri. I det osannolika fall att hon hade överlevt till vuxen ålder, skulle hon antagligen ha blivit diskpiga eller en simpel tjänarinna, eftersom hon "pratade för mycket och inte var uppmärksam" och ADHD-diagnoser inte hade uppfunnits än.

Du hittar hennes webbplats, full av oemotståndlig Regency-romantik, på.

Hon har nyligen samarbetat med Catherine Bilson för att skapa Bokhandelns Skönheter.

Bok 1 heter Estelles Eldiga Beundrare.

www.ebonyoaten.link

facebook.com/EbonyOaten

threads.com/@ebony_mckenna